양양에는
혼자 가길 권합니다

양양에는
혼자 가길 권합니다

이경자

차례

작가의 말   내 고향(故鄕), 고향은 지니는 일

고향이라고 말하면 눈물이 나던 시절이 있었다. 양양에 다시 가서 살 수 있을 거란 상상도 할 수 없던 때. 그러나 한 번도 내 고향 양양을 잊은 적이 없었다. 서울에서 양양으로 가려면 진부령을 넘든가 대관령을 넘어야 했다. 그 강원도에 이르는 경계에 오면 나도 모르게 '강원도다!' 소리치곤 했다. 내가 소설가니까, 나이가 들면 양양의 슬픈 역사를 소설로 남겨야지, 이런 욕심을 간직하고 살았다. 시시때때로 그 시기를 위해 공부도 하고 채록도 했다.

양양에 가서 길을 걸으면 눈앞에서 현재가 사라지고, 슬며시 내가 생각하는 슬픈 시간이 나를 에워싼다. 그 시절에 살다 간, 이미 지구를 떠난, 누군지 모르는 사람들의 혼령의 기미마저 느끼면서, 심신이 혼곤해지도록 걸어다녔다. 남대천을 건너 선사유적지를 돌아보고 남대천 상류를 거슬러올라가며 까마득한 신화시대의 양양 사람들을 상상했다. 양양이란 자연이 어떻게 사람을 품어 살아가게 했을까, 무식하기 그지없음에도 불구하고 나름으로 복원하려 애쓰기도 했다.

아직 울음으로 쏟지 못한 마음이 내 안에 가득차 있을 때, 시인 김민정이 난다 출판사 대표로서 연락을 했다. 양양(襄陽)에 대한 책을 쓰라고. 햇수로 몇 년을 양양과 집중적으로 살았다. 연인처럼, 느끼고 만지고 그리워하고 속삭였다. 하지만 내가 알고 있거나 기억하는 양양은 아주 작았다. 양양을 글로 쓰자면 내가 성장기에 경험한 열여덟 해의 시간과 그 공간으론 어림도 없었다.

양양은 내 기억만으로 복원하기에는, 너무도 깊고 너무도 높고 너무도 아득했다. 그리고 무엇보다 아름다웠다. 그런 양양의 원형(原形)이 그대로인, 깊고 높고 아득하고 아름다운 '자연과 시간'을 문자로 형상화하는 일은 거의 불가능하다는 걸 깨달았다.

양양에 대한 나의 사랑을 증명하기 위해 많은 분의 도움을 얻어야 했다. 그리고 원고를 출판사에 보내고 꽤 많은 시간이 흘렀다. 그사이에 나는 오래전부터 준비해온 장편소설을 쓰기 시작했다. 무대가 양양이어서 여전히 나의 마음은 양양에 있었다.

내가 자란 성내리 11번지. 그곳에서 감리교회의 유치원에 다니고 구교리의 초등학교를 다니고 서문리의 여자중고등학교를 다녔다. 남문리 네거리에서 서문리 학교로 가는 길엔 바람이 매서웠다. 남설악으로부터 훑어 내렸을 바람이 현산공원의 벼랑을 휘감으며 헐벗은 우리의 사춘기를 어루만지거나 할퀴었다.

양양에 가면 나는 혼자서 이를 잡듯이 골목골목을 돌아다니고 남대천을 이리저리 오가고 어린 날의 동무들을 찾아서 만났다. 이맘때의 나를 보고 어떤 이는 연애를 하는 것 같다, 남자가 생겼다, 이런 농담을 했다. 우습긴 하지만 무엇이건 사랑하는 건 아름다운 일. 혹은 몰아(沒我)의 휴식 같은 것.

여러 가지 이유로 내가 자란 성내리로는 돌아가지

못하고 초등학교 뒤편의 구교리 외가 오빠댁에서 살수 있게 됐다. 작업실로 쓰는 방에 누우면 창을 통해 달을 볼 수 있다. 별도 본다. 내가 자랄 때, 쌀은 귀하고 하늘의 별은 쌀알 같고 은하수는 쌀뜨물 같았다.

이 책이 양양의 백과사전은 될 수 없으되 이곳을 고향으로 둔 소녀가 소설가로 돌아와 고향에 바치는 극진한 제물(祭物)임은 분명하다고, 감히 고백한다. 아마 잘못 쓰여졌거나 사실과 다른 표현도 있을 것이다. 지적해주시면 언제든 바로잡을 것을 약속드린다.

2024년 9월
이경자

이런 양양!

양양은 넓고 깊고 아득합니다. 드넓기만 한 동쪽 바
다는 보이지 않는 것 속으로 우리의 상상을 무한정 끌
어들입니다. 거기서 반대편, 서쪽으론 바닥을 알 수 없
는 태백산맥이 가로질러놓였습니다.

그 바다와 산맥 사이의 어디쯤에 양양이 있습니다.
시간의 흔적처럼 우리에게 보여지는 양양의 역사는 작
게는 일만 년, 길게는 십만 년을 거슬러올라갑니다. 선
사시대 사람들이 살았던 흔적들이 여기저기에 두루,
많이 남아 있습니다.

이런 양양. 서울보다 땅이 더 크지만 한국전쟁 이
후론 삼만 명 이상 살아본 적 없는 곳입니다. 태백산
맥에서 뻗어나온 산골짜기는 깊고 깊어서 그 속 어디

에 사람이 살고 있단 말이야? 정말 상상이 잘되지 않는 곳. 그래서 양양은 넓고 깊고 아득합니다.

몇만 명의 사람이 터를 잡고 살아온 양양. 바닷가에선 어부로, 산골짜기에서 화전민으로, 마을에선 농부로, 읍내에서는 장사꾼이나 공무원 등으로. 교사로 일자리를 얻어 다른 곳에서 들어왔다가 아주 눌러앉은 사람들, 전쟁이 났을 때 남으로 피란와 터를 잡고 사는 실향민도 많습니다.

1950년 6월, 전쟁이 나기 전 한때, 동해북부선 열차의 종점이 양양이었을 적에, 인구가 오만이 넘었다는 말을 들은 기억이 납니다. 물론 지금 동해북부선 열차의 흔적은 마치 실수의 흔적처럼, 남대천 한쪽 둔덕에 남아 있습니다. 누군가 말해주지 않는다면 철길이 놓였던 곳이 맞는지 의아해할 것입니다.

이런 양양. 사람의 기미나 기운, 냄새가 닿지 않는 이곳의 주인은 아득한 세월을 품은 산과 바다와 개울과 골짜기입니다. 흔히 자연은 생명의 어머니라고 합니다. 양양에서 어머니의 넉넉함, 의연함, 너그러움을 느끼게 된다면, 양양 여행은 성공한 것. 양양을 떠난 뒤에도 당신의 마음에 그리움이 남는다면 당신은 틀림없이 자연을 사랑하는 선량한 사람입니다.

이런 양양!

저와 함께 걸어보겠습니다.

1   지경리에서부터 양양은 시작됩니다

양양 땅으로 첫발을 내디딜 수 있는 곳은 다섯 군데
입니다. 백두대간이 지나는 한곳. 구룡령은 홍천과 경
계를 이룬 남서쪽이고요, 우리가 흔히 한계령으로 알
고 있는 인제와 경계한 오색령은 서쪽입니다.

　　한때, 그러니까 1963년까지 양양군이었던 속초와
경계를 이룬 북쪽은 7번 국도의 쌍천교(雙川橋)입니다.
쌍천교 아래로는 강현면의 상복리와 석교리에서 흐르
는 개천이 강선리에서 만나 물치 앞으로 해서 동해로
흐르는 물치천(沕淄川)이 있습니다.

　　물치천에 놓인 다리는 백육 미터. 원래 이름은 신선
을 맞이한 다리라고 해서 영선교(迎仙橋)라고 불렸습니
다. 어딜 가든 지역의 이름이 어떻게 변했는지를 살펴

보면 그 시대의 문화나 정신을 어렴풋이나마 엿볼 수 있답니다. 그리고 남쪽. 강릉시와 경계를 이룹니다.

저는 여러분과 양양의 남쪽 끝에서 만나 양양으로 들어오는 첫발을 떼고 싶어요. 남쪽 끝자락에 서면 오른편으론 바다입니다. 고개를 왼편으로 돌리면 서쪽. 소금기가 스며든 바람이 때론 메마르게 때론 눅눅하게 불어옵니다. 계절과 기후에 따라 달라집니다.

양양의 동쪽 경계인 해안선을 따라 걷습니다. 수평선이 보이지만 그 수평선을 넘어 태평양에 닿고, 그 태평양이 결국 다른 대륙들을 감싸고 도는 오대양과 하나라는 걸 느껴도 마음이 훤해질 것 같아요. 이 기술문명의 시대는 편리함이란 미덕으로 사람을 한없이 외롭고 두렵게 하는 면도 있으니까요.

그래서 양양의 해안선은 자신도 모르게 움츠러든 생명 존재를 풀어놓아줘요. 가능하다면, 아니, 그런 소망만 가슴에 품어도 저 바다가 도와줄 것입니다. 결국 사람은 생각한 대로 마음먹은 대로 되기 마련이라고 하잖아요.

지경리(地境里)라는 마을 이름 들어본 적 있을까요? 강릉시와 경계라서 붙여진 이름입니다. 하나의 땅을 갈라서 나누고 이름을 붙인 것. 저는 지 경 리, 입안에서 혀끝으로 사탕을 굴리듯 말해봅니다. 뭔가 착 감기는 느낌이 듭니다.

이 지경리에서부터 양양은 시작됩니다. 양양이 끝나고 강릉이 시작되는 곳. 지역 안에서만 다니는 시내버스들은 이곳에서 차체를 돌려 떠나온 곳으로 돌아갑니다.

안녕히 가십시오.
어서 오십시오.

지자체에서 붙였거나 세웠을 인사말. 그걸 읽고 또 읽으면 은근히 뭔가 근지럽기도 합니다. 강릉이 고향인 저의 후배, 강릉에선 양양 몰라요! 이렇게 약을 올리지만 순전히 장난입니다. 하지만 다른 것들 찾아보면 꽤 됩니다. 양양 남대천에서 잡히는 민물고기는 '뚜거리', 강릉 남대천에서 잡히는 물고기는 '똑저구', 이른 봄철 찔레나무에서 돋은 새순을 양양에선 '찔룩', 강릉에선 '찔레'라고 합니다. 하지만 뭔들 상관없어요.

그날 저는 거의 수십 년 만에 이곳 지경리의 경계에 섰습니다. 제가 아직 어릴 때, 버스로 이곳을 지나려면 일단 몸과 외모가 딱딱하게 각이 잡힌 듯 보이는 헌병의 검문을 받아야 했습니다. 길 가운데에는 아무나 지나갈 수 없도록 철망이나 쇠붙이로 보이는 바리케이드를 쳐놨고요. 앞선 차에선 헌병에게 이끌려 작은 초소로 들어가는 남자가 보이기도 했습니다. 그런 모습만으로도 공연히 주눅이 들었던 곳.

저에겐 아직도 검문소라는 말이 아무렇지 않게 들리지 않아요. 검문소는 무턱대고 무섭습니다. 버스는 달리다가 어디쯤에서부터 속도를 줄이지요. 곧 차가 멈추고 문이 열립니다. 어떤 승객이 몸이라도 들썩이면 운전기사가 가만히 앉아 있으라고 소리칩니다. 그리고 통나무처럼 꼿꼿한 자세의 헌병이 날카롭고 매서운 눈초리를 하고 쓱, 차에 올라탑니다. 커다란 장총인가? 권총 같기도 했어요. 왜 그런 게 금방 보였을까요? 헌병의 눈초리가 어느 자리에선가 몇 초 동안 멈출 때,

그리고 이내 그의 한 손이 눈길 닿은 자리의 승객을 내리게 할 때, 공포감이 훅 끼치곤 했습니다. 제가 어릴 땐 '간첩'을 잡았고, 거의 삼십 년 동안의 군부 정권 때엔 수배중인 운동권 학생이나 분단을 끝장내자고 주장하던 '반체제 인사'를 잡아냈다고 합니다.

이미 사라진 검문소. 그러나 그 자리엔 검문소였음을 알리는 표지판이나 무단 통과를 엄중하게 막아섰던 굵은 드릴이 박힌 판이 놓여 있습니다. 어린아이들도 검문소를 무서워했던 건 아마 사이렌 소리처럼 생명의 세포 사이로 파고드는 어떤 폭력이 있지 않을까요? 생명 자체를 움츠러들게 하는 소리. 음향. 휘몰아치는 태풍 같은 것일지 모릅니다. 나중에 소문이나 신문을 통해 바로 그 초소에서 '간첩'을 잡았다거나 '수배중인 운동권 학생'을 잡았다는 소식을 듣게 되긴 했습니다.

그날 길에는 그런 것이 없었습니다. 시대가 달라진 것이죠. 하지만 기억해야 할 것…… 이 글을 다 읽고 나면 그것이 무엇인지 조금을 이해할 수 있을 것입니다. 양양에는 아름답고 드넓은 바다와 높고 우람한 산만 있는 게 아니니까요.

길은 버스나 승용차, 자전거, 오토바이 등으로 지나
갈 수 있어요. 그중에서 시내버스로 다녀보는 것도 재
미있습니다. 버스는 대도시처럼 많지 않아 시간에 제
약을 받는다는 단점이 있지만 그 비어 있는 시간을 어
떻게 사용하느냐에 따라 시간의 쓸모 속으로 주인공처
럼 들어갈 수 있다는 생각이 듭니다.

　지경리 버스 정류장. 뜨거운 햇볕이나 비를 가릴 지
붕 없는 정류소. 기다리는 동안 앉아 쉴 의자도 놓였고
요, 버스 시간표도 붙어 있지요. 그런데 저는 밖으로
나와 기둥에 기대어 미끄러지듯 맨바닥에 앉아서 북쪽
을 바라보았습니다. 길을 건너 오른편으로 가면 바다
와 모래벌판이, 왼편에는 시간과 공간이 빈틈없는 덩
어리로 뭉쳐진 것 같은 태백산맥의 한 허리가……

2

지경리 바다엔 갯가가 없었습니다

햇살은 동서남북을 따로 가르지 않고 저의 온몸에 쏟아집니다. 머리와 얼굴과 손에 뜨거움이 파고듭니다. 뜨거움이 물체처럼 제 살갗에 질량을 가지고 내려앉고 쌓입니다. 마치 눈처럼. 그러나 저는 이 뜨거움, 강렬함이 그립고 반갑습니다. 양양의 볕이니까요. 제가 태어나서 사람의 꼴을 갖추며 자라나던 때, 저는 햇볕을 느끼지도 못하고 그 속에 있었습니다. 양양을 떠나 수십 년이 지난 뒤에 다시 찾아왔지만 어린 시절의 투명하고 빛나던 뜨거움은 만날 수 없었습니다. 그 볕이 떠난 걸까요? 사람들의 생활방식이 그 빛을 낡거나 닳게 한 것은 아닐까요?

1990년쯤 티베트에 갔을 때, 저는 그곳에서 양양의 볕을 만났습니다. 그곳에도 이젠 그런 볕이 없다고 합니다. 마을의 한편, 해가 떠오르는 동쪽에서부터 해가 마실을 가듯 기울고 사라질 서쪽을 바라봅니다. 푸른 나무숲, 하얗거나 노란 흙길과 논밭과 집들과 드문드문 보이는 사람들. 서쪽은 두터운 세월과 가늠하기 어려운 시간의 기운이 아무도 모르게 퍼지는 산골들.

얼마나 오래 앉아 있었을까요. 지나가는 차들의 속도 속에서 더러 저의 우스꽝스러운 모습을 흘깃거린 눈길도 있었을 겁니다. 그러나 아무렇지 않습니다. 저에게는 벌써 이곳의 시간, 깊은 곳을 더듬고 느끼는 마음이 생겼으니까요. 사람들의 눈에 뜨인 시간과 공간과 사람의 흔적은 겨우 신석기와 철기시대라고 이름 붙인 때. 지경리에도 그런 시대의 흔적은 남아 있습니다.

저는 사람들이 문자로 생각을 표시하거나 어딘가에 마음을 남기기 이전의 수억만 년 전부터 생명이 여기에 살았고 떠났고 또 살았을 거라고 상상합니다. 그 상상의 마음으로 바라봅니다……

산이 밥그릇을 엎어놓은 것처럼 생겼다고, 발우봉

(鉢盂烽)이라고도 하는 바리봉. 예전에 지역과 지역 사이의 통신을 봉화(烽火)로 알릴 때, 바로 그 봉홧불 연기를 높이 피워올리던 곳이 있습니다. 이 봉화는 우리가 양양의 해안길을 따라 가다보면 늘 만나게 될 것입니다. 그 마을에서 가장 높고, 저 먼 데서 잘 보일 곳에 봉화대가 있지요. 그리고 서낭당이나 성황당도.

비록 옷을 입었지만 햇볕에 속 깊이 소독된 몸을, 마치 사랑받은 기분이 세포마다 깃든 느낌의 몸을 일으켜 신호등이 있는 횡단보도에 섭니다. 파란불이 들어오면 길을 건넙니다. '해수욕'이라거나 '바캉스'라는 말, '휴가철'이란 말이 거의 쓰이지 않던 때 동쪽으로 건너는 길은 좁았고 그쪽엔 사람이 살지 않았습니다. 지경리 바다엔 갯가가 없었습니다. 길가엔 그저 풀숲이나 우거진 소나무숲뿐이었을 겁니다. 풀이 마른 겨울이 아니라면 숲에 가려 잘 보이지도 않았을 작은 오솔길. 흙에 바닷모래가 섞인 길을 걸어 바다로 나간 아이들은 얕은 바닷물에 들어가 조개를 무더기로 잡았을 겁니다. 선사인들이 살았을 것으로 여겨지는 곳에도 조개무덤이 남아 있으니까요.

지경리 해변은 부드러운 곡선입니다. 곡선이라고 느껴지지도 않을 곡선. 모래는 깨끗하고 부드럽고 노오란 빛으로 따뜻함이 우러납니다. 해변으로 난 해파랑길은 강릉시와 경계를 지으며 표지가 붙어 있고, 길에는 자동차가 갈 수 없게 말뚝이 박혀 있습니다. 갈 수 없는 곳은 남으로 이어진 주문진 해변. 바라만 보아도 높은 건물들이 우뚝우뚝. 큰 항구도시의 풍모가 느껴집니다.

그러나 지경리는 전혀 다릅니다. 부드럽다못해 수줍음마저 느끼게 하는 해변. 바다가 아니라 마을 쪽으로 구부러져서 더 아늑함을 자아내는 것 같습니다. 널리 휘어진 모래밭을 따라 고개를 돌려 북쪽을 바라보면 멀리 바다 쪽으로 달리듯 나온 낮은 둔덕산. 아마 안남애의 양야도일 듯. 양야도는 주문진에서 일으킨 봉화를 보고 서둘러 봉홧불을 붙여 피워올린 연기로 소식을 전한 봉화대가 있는 곳. 파란 소나무가 무덤 같은 모습으로 자란 그곳. 앞으로는 크지 않은 방파제가 보이고 그 방파제 끝머리에 등대가 서 있습니다. 우리가 곧 가게 될 남애리, 남애항(南涯港)입니다.

3

남애는 자유 그 자체입니다

이제 먼저 신발을 벗기로 해요. 모래밭은 얼음이 박힌 한겨울이 아니라면 맨발로 걷는 게 좋아요. 처음엔 이질감이 발바닥과 발목에 감기지만 조금 지나면 모래의 시간과 모래의 역사가 내 발에 아⋯⋯무렇지 않게 스며드는 걸 느낄 수 있답니다. 직접 경험하지 않으면 결국은 구경꾼. 그리고 구경꾼은 많은 오해와 잘못된 판단을 기억 상자에 담기 십상.

지경리의 해변은 해파랑길 41번입니다. 강릉에서부터 이어진 길이지요. 해파랑길에 대해선 굳이 설명하지 않아도 다 아시죠? 바다와 산의 빼어난 아름다움을 자랑하는 동해안 열 개 지역의 걷는 길 오십 군데. 부산 오륙도해맞이공원에서 시작해 고성 통일전망대까지. 양양의 해파랑길이 시작되는 지점인 41번은 강릉과 이어지고 44번은 속초와 이어집니다.

양양에는 군청 소재지인 양양읍을 포함해서 다섯 개의 면(面)이 있습니다. 그중 현남면과 현북면, 손양면, 강현면의 바다로 해파랑길이 지납니다. 지경리 해변에서 맨발로 걸어가다보면 먼산에서부터 시작된 물이 곳곳의 골짜기들에서 흐른 물과 만나 개천을 이뤄 마침내 바다로 흘러드는 곳에 닿게 됩니다.

지경리와 남애리 사이의 마을 원포리. 그곳에서 흐르는 개천의 이름은 화상천(和尙川). 화상천 위로 다리가 놓여 있습니다. 화상천 물이 바다와 만나는 곳엔 '수중바우'라는 이름이 붙은 바위가 서 있습니다. '화상'이라는 말처럼 사람이 가부좌를 틀고 앉아 수행하는 모습의 바위일까요? 어느 조각가도 그렇게 만들기 어려울, 바위 조각품에 한동안 눈길이 사로잡힙니다.

말로는 표현하기 어려우나 사람의 마음을 무한히 움직이게 하는 바위의 모습. 먼 데로부터 출렁출렁 다가와 슬며시 바위의 밑동을 어루만지거나 휘감거나 때리며 하얀 포말과 함께 다시 슬그머니 사라지는 바닷물 속으로, 산에서 골짜기에서 모여든 민물이 소리 소문 없이 섞입니다. 이런 섞임에 대한 그 은밀한 기미 때문에 사람들은 화상천이라 이름 붙였을지 모릅니다. 화상천의 물살과 파도가 세서 그냥 건너가기에 좀 맘이 쓰인다면 길 위로 올라가 화상교를 건넜다가 다시 남애리 바다의 모래밭으로 내려가면 됩니다.

원포리가 더 궁금하다면, 화상교 위쪽에 선사유적지가 있고 더 위쪽엔 신라시대의 고분이 있습니다. 오래전부터 사람들이 살던 곳입니다. 선사 유적지나 오래전 사람들이 살았던 터에서 느껴지는 공통점은 하나. 예전 사람들은 자연의 마음을 잘 안다는 것. 그래서 자연을 지배하거나 개발하거나 정복하지 않고 자연과 '더불어', 다른 생명들과 어우러져서 살았다는 점입니다.

남애리. 요즘 양양의 이름을 알리는 부표, 혹은 표상 중의 하나가 된 어촌 마을입니다. 해파랑길이 생기기 전만 해도 그저 순박하고 소박하고 되레 가난한 기미가 피어오르는 어촌이었습니다. 정감(情感)이라는 감성은 가난에서만 우러나는 건 아닐 테지요. 절대 가난으로 굶주리게 되는 상태까지는 아니고 이웃이 서로 사촌으로 지내던 시절의 가난. 그런 정감이 마을에 가득하던 때, 어촌의 분위기는 그랬습니다. 남편은 배를 타고 바다로 나가고 아내는 작은 횟집을 하던 곳. 도회지에서 견디지 못하고 잠깐 거처를 이곳으로 옮겨온 사람들이 머물다 가는 곳.

남애리는 행정구역으론 1, 2, 3, 4리로 나뉘었지만 자연적으론 바깥남애와 안남애, 그리고 말남애로 나누어 불렸습니다. 거기에 남애초등학교를 낀 어촌 마을 갯마을해변까지가 남애리입니다.

남애 바다엔 크고 작은 바위들이 갖가지 모양으로 무리지어 앉았거나 서 있습니다. 이제 낮은 루핑이나 슬레이트 지붕을 얹은 가난한 어부의 집은 거의 사라졌고 도시 사람들을 위한 특별한 인상의 별장, 그리고 빌라나 다세대주택이 흔하게 보입니다. 주인이 언제 어느 사이에 안으로 들어가는지 외부에선 절대로 볼 수 없는 구조의 별장. 그 별장 앞에는 발에 모래를 묻히지 않고 들어가 파도를 구경하거나 바닷물을 손에 묻힐 수 있는 기다란 나무 마루가 놓여 있습니다. 넓지 않은 찻길을 가로질러서.

오래전부터 작은 배를 부리던 어부들이 고기를 잡아와 장사꾼들이나 횟집에 팔던 어판장은 아직도 그대로. 낡았지만 헐리지 않고 버티는 모습이 왠지 반가운 건물. 어부들이 일을 마치고 집으로 돌아가 아침을 먹고 그물이나 어구를 손질할 시간. 항구에 닻을 내린 배들은 물살에 몸을 이리저리 흔들고, 아무리 보아도 어머니의 자궁 같기만 한 항구에 두 팔을 벌려 품으려는 듯 보이는 두 개의 등대. 왼편엔 조금 긴 방파제 끝에 붉은색이 칠해진 등대, 오른편엔 좀더 짧고 안으로 더 가까운 방파제에 흰 등대.

누가 시키지 않았어도 생활에서 만들어진 도구나 모습들은 모두 사람의 모습과 닮아 보입니다. 붉고 흰 등대는 어부들이 배를 타고 나가 일하고 다시 뭍으로 돌아오는 그 삶의 어려움에 대한 따뜻함, 기다림, 위로나 위안이 아닐런지요. 그런 위안과 위무와 안녕에 대한 기도의 상징이 바로 안남애에서 말남애로 가는 모퉁이의 산에 있습니다. 소나무가 숲을 이뤄 관심 없이 지나면 그저 둥그런 머리 모양의 산일 뿐이지만, 마음을 쓰고 바라보면 솔숲 사이에 그림자처럼 어른거리는 지붕과 처마를 볼 수 있습니다.

성황당(城隍堂)이죠. 표준어로는 서낭당. 사람이 자연과 교감하며 자연의 뜻에 따라 적응하고 살려는 철학을 가졌던 시대의 신앙의 흔적이 서낭당입니다. 서낭당은 어느 농촌에나 다 있었지만, 특히 위험을 예측하기 어려운 어촌에는 반드시 있었습니다. 농업과 어업의 노동 현실을 그려보면 잘 이해할 수 있을 것입니다. 그러나 일기예보, 기후 관측이 발달한 이즈음, 서낭당의 역할은 보잘것없어졌다고 할까요? 요즘 서낭당에 올라가면 사람들의 기척은 왠지 싸늘해지고 서낭당의 기운도 무시된다는 느낌이 들어요. 생활의 모습이나 풍속도 시대정신이 만드는 것이니까요. 충분히 이해가 되긴 해요.

새천년, 밀레니엄 시대의 남애항은 산모롱이를 돌아가면 나타나는 '말남애'에 있습니다. 항구와 어판장과 오래된 횟집들이 있는 안남애와는 전혀 다릅니다. 할머니와 청춘의 손자처럼 달라 보입니다. 승용차가 해변을 따라 빈틈없이 서 있습니다. 여러 가지 서양 음료와 음식을 파는 가게들과 해수욕용품을 파는 상점들과 새로운 분위기로 장식을 한 횟집들. 이곳에서의 파도타기는 계절이 따로 없습니다. 남애는 바닷물의 온도가 다른 곳보다 따뜻하고 깊지 않아 파도타기를 배우기에 안성맞춤. 해수욕객이 떠난 뒤에도 파도타기 강습이나 대회가 열립니다.

서퍼들은 파도 속으로 들어간 듯하다 다시 올라오고, 파도 위에서 파도처럼, 포말(泡沫)처럼 미끄러지고 부서집니다. 남애항의 아름다움을 완성하는 건 자유와 순수라고 생각됩니다. 자유는 한 덩어리의 아름다움! 남애는 자유 그 자체입니다. 자유가 얼마나 좋은지, 자유가 곧 아름다움이라는 걸 느끼는 일만으로 남애 여행은 꿈길일 것입니다. 우리 누구나, 어느 누가 됐든 생의 한순간, 한때, 한철, 남애에 있었노라! 기록해도 미안할 일 없고 억울하거나 미진할 것 없는 곳! 여러분의 남애입니다.

그러나 자유라고 무한정 좋기만 할까요? 지루하거나 싫증나지 않을 순 없습니다. 세상에 존재하는 무형·유형의 것들은 모두 생물이란 생각이 들어요. 생물의 특성은 변화무쌍. 그래서 말남애의 현란하고 조금 고독하고 어쩌면 슬픔마저 스며 있는 그 자유로부터 한발 벗어나면 남애초등학교가 있고 갯마을이 나옵니다. 갯마을을 끝으로 남애리를 벗어나면 새로운 개성을 가진 바다가 나타납니다. 광진(廣津)! 큰 바다, 큰 나루라는 의미랍니다. 주문진해수욕장에서부터 시작된 해파랑길 41번은 남애항을 지나 광진으로 이어집니다. 광진으로 가기 전에 포매리(浦梅里)를 생각하고 기억해볼까요?

어떤 마을이든 개성과 인상을 지니고 있기 마련. 사람처럼 포매리는 깊고 그윽하고 맑고 밝습니다. 해변

에서 나와 포매리로 들어가서 이곳 사람들의 먼 과거
와 현재의 삶을 숨쉬듯이 느껴보는 것도 값진 일. 제
가 좋은 곳이라고 느끼는 땅엔 이상하게 평화의 기운
이 서려 있곤 했어요. 순전히 저의 경험이긴 하지만 어
떤 존재라도 억압하거나 군림하지 않는, 그런 특성을
가진 것이 아닐까요? 위아래 없이 균형 잡힌 것. 인정
하고 존중하는 것. 아마 평화는 이런 것이겠죠. 이 모든
것이 포매리에서 느껴집니다.

포매리엔 매화와 관련한 지역이 아주 많은데 매화
는 예부터 그 의미가 아름답습니다. 향기는 물론, 꽃의
빛깔 등 세속의 거친 욕망들을 피하려는 정신의 상징,
혹은 순수의 표상 같기도 합니다. 이 포매리에서 아주
중요한 몇 군데를 가보면 뿌듯해질지 모릅니다.

도로에서 1.5킬로미터 들어가면 강원도 문화재 자
료인 한옥을 만날 수 있습니다. 삼백 년이 넘은 한옥의
뒷산으로 고아한 느낌을 전해주는 소나무들이 서 있
고, 그 가지 위에 앉은 백로와 왜가리들을 볼 수 있습
니다. 천연기념물 229호입니다. 수백 년이 지난 오래
된 한옥 앞에서 천연기념물도 보고 마을을 한 바퀴 둘

러본다면 지워진 역사도 피워올릴 수 있습니다.

　포매리의 지주 집안에서 태어난 조두원은 1903년
생. 연희전문 출신으로 6·10만세운동을 주도한 사회
주의 운동가입니다. 그는 북한에서 처형된 것으로 알
려져 있습니다. 조두원보다 삼 년 뒤인 1906년에 태어
난 조원숙은 그의 동생입니다. 열다섯 살에 '구식 가정
에서…… 서울로 유학하고 싶은 생각이 봄불 타오르듯
하여……' 가출했는데 서울에서 사회주의 여성운동 단
체 결성에 주도적인 역할을 합니다. 조두원·조원숙 남
매의 알려진 삶은 근현대사의 질곡 속에서 진보 이념
을 실천하고 좌절하고 사라진 사람들의 상징성을 가졌
습니다.

　포매리를 돌아본 뒤 고단하다면, 이곳의 자랑인 '원
시한증막'으로 가면 됩니다. 조규승 가옥에서 멀리 바
라보이는 곳. 첨성대처럼 생긴 찜질방의 효능은 아마
과학으로도 다 증명하기 어렵다고 생각됩니다. 진흙과
참나무 불길과 첨성대를 통한 하늘의 기운을 조화롭게
받아낼 수 있을 테니까요.

포매리 다음은 앞에 말한 광진. 이곳에 오래되지 않은 절이 바다를 향해 앉아 있습니다. 쉬고 또 쉬라는 의미의 휴휴암(休休庵)입니다. 휴휴암은 낙산사의 의상대와 더불어 양양의 일출 명소입니다. 휴휴암이 앉은 주변을 한 바퀴 돌면서 자연의 예술작품인 바위의 모습들을 넋 놓고 바라보노라면 시간을 잊게 됩니다. 이복잡하고 복잡해서 근원이 흐트러진 시대에 시간을 잊고 넋을 놓아보면 자연의 위무(慰撫)를 받아 생기를 얻은 자기를 느끼게 될지 모릅니다.

휴휴암의 고양이들. 바닷가의 바위들 사이로 들어가 움직이는 비린 것을 잡다 돌아와서 한껏 고단한 몸을 아무데나 뉘고, 졸린 눈을 뜨지 못하는 모습도 오래 남을지 모릅니다. 졸리면 뭇사람이 지나가는 바윗길 한가운데 부드러운 몸을 철퍼덕 뉘고 있으니까요. 일어나라고 해도 일어나지 않고 낯선 사람들을 경계하지 않습니다. 생명을 해치는 것이 없다고 여기는 것 같습니다. 이런 모습도 휴휴암의 '섬'일 것입니다. 해치지 않으면 경계하지 않고 경계하지 않으면 친하게 될 테니까요.

이제 인구리(仁邱里). 인구초등학교 앞으로 해변이 있습니다. 이곳의 명물은 아무래도 죽도(竹島). 죽도는 인구해변에 있는 둘레 일 킬로미터, 높이 오십삼 미터의 우뚝한 봉우리죠. 소나무와 대나무가 사시사철 울창하고 특히 이곳의 대나무는 단단해서 예전에 화살용으로 진상했다 하여 죽도라 이름 붙였답니다.

죽도 주변의 바위들은 파도가 만들어낸 기암들, 마치 구멍을 일부터 낸 직물 같은 모양의 바위나 방아확처럼 움푹 파인 바위 등 한동안 눈을 돌리지 못하게 하는 바위들이 있습니다. 죽도 북쪽 기슭엔 죽도암이라는 암자가 있고요. 이곳 바위들엔 여러 가지 이름이 있습니다. 죽도암, 방선암, 농구암, 주절암, 연사대 등. 이름을 따라 바위를 찾아보는 것도 또하나의 휴식 같은 즐거움.

죽도를 돌아 나오면 죽도해변이란 이름이 더 어울리는 해수욕장. 해안선은 오목하게 패어 마치 주머니 같습니다. 그 바다엔 거의 날마다 파도를 타는 서퍼들이 있습니다. 비가 오나 눈이 오나. 서퍼는 누굴까요? 양양 해변 어디에서나 볼 수 있습니다. 한겨울에도 한여름에도. 해변가로는 서퍼에게 필요한 장비를 팔거나 대여하거나 먹을 것들, 마실 것들을 파는 환경이 짜맞춘 듯이 들어서 있습니다. 서퍼들이 찾아오면서 생긴 새로운 문화, 그 문화를 담아내는 그릇이 된 곳.

저는 수영을 못합니다. 그렇지만 물을 아주 좋아해서 바다에 한번 들어가면 견딜 수 있을 때까지 밖으로 나오지 않아 손가락이 퉁퉁 붇기도 합니다. 날이 흐리고 한낮에도 먹구름이 낀 날, 파도가 높을 땐 유혹을 느끼곤 합니다. 이런 유혹을 감당하지 못하고 바다로 들어가던 때, 양양엔 아직 서핑이 없었습니다. 그러나 이제 양양은 서핑의 고장입니다.

장래원씨. "인구 천만이 넘는 도시에서 파도를 타기

위해 단지 두 시간이면 올 수 있는 곳. 전 세계 어디에
도 없고 오직 양양에만 있어요."

서핑을 좋아해서 양양으로 주소지를 옮긴 그. 아직
젊디젊은 그는 왠지 철학자 같은 느낌을 주었습니다.

"서핑을 좋아하고 서핑을 즐길 땐, 남들보다 더 잘
타고 기술도 능숙해지는 게 목표였어요. 이젠 아니에
요. 서핑은 경쟁도 기술도 필요 없는 영역이라는 걸 알
게 됐어요."

덜 먹고 덜 가지는 삶의 방식에 가까이 다가가려는
그. 사람이 자연과 일체가 되기를 바라는 걸까요? 그
는 여러 번 명상이란 낱말을 사용했습니다.

임수정씨. 한국 서핑 국가대표입니다. 그가 파도를
타는 동영상이나 사진을 수도 없이 되풀이해서 보았습
니다. 외국 영화에서 보거나 어쩌다 나가본 외국의 바
닷가에서 서핑을 하는 서양 사람들을 보는 것과는 느
낌이 달랐습니다.

그가 부산 송정에 살 때, 초등학교 4학년이던 남동생은 눈보라 치는 추운 겨울 바다로 조악한 장비와 옷을 입고 파도를 타러 가곤 했습니다. 수정은 이해할 수 없어서 동생에게 물었습니다. 동생은 서핑이 좋다, 말로는 표현하기 어렵다, 행복하고 재미있다고 추위에 오들오들 떨면서 누나에게 말했습니다. 누나 임수정은 중학생.

그는 여름에 서핑을 시작했습니다. 원래 발레, 등산 등 몸을 쓰는 운동을 좋아하고 잘했습니다. 하지만 서핑은 "내 몸 하나만 잘 움직이면 되는 게 아니"라는 걸 깨달았습니다. 파도와 함께 움직여야 하는 것이 서핑입니다. 그러나 사계절, 일 년 열두 달, 삼백육십오 일, 이십사 시간 파도는 다릅니다. 매 순간 새로운 파도가 옵니다. 그렇게 다가오는 파도와 내 몸이 함께 움직이는 거. 파도와 몸이 합을 이루는 순간이 기적처럼 옵니다.

"……멀리서부터 파도가 여기까지 오는 긴 시간이 있었을 텐데…… 같은 파도는 세상에 없고요. 파도는 분, 초가 다르고요. 항상 있는 파도가 아닌…… 파도가 내가 있는 곳으로 도착했을 때, 너무 환영하게 돼요."

"파도와 내가 하나가 되어 같은 노래를 들으며 함께 춤을 출 때…… 이대로 세상을 떠나도 좋겠다는 찰나도 경험하죠."

파도는 계절에 관계없이 탈 수 있고 그것이 가능하지만 수정씨는 여름만의 매력을 꼽았습니다.

"여름엔 가벼운 차림으로 파도를 타니까 피부에 닿는 물결을 느낄 수가 있어요. 그 느낌이 너무도 기쁘고 행복해요."

자연과 합일을 이루는 순간의 명상. 소설을 쓸 때도 이런 순간이 오긴 합니다. 주인공이나 소설의 주제와 내가 합일을 이루는 순간이 왔을 때.

양양의 서핑은 기사문에서 시작됐습니다. 기사문은 우리나라 분단의 상징인 삼팔선이 지나가는 곳이기도 합니다. 이곳에서 서핑이 시작되었다는 게 신기합니다. 하지만 서핑을 발전시킨 건 죽도해변입니다. 인구해변은 서퍼들이 찾으면서 '양리단길'이라는 별명을 얻었습니다. 이 양리단길은 새로운 양양입니다. 서 퍼들을 위한 음식점과 술집, 서핑 장비를 팔거나 수선 하는 가게들. 숙소와 쉴 곳들. 이름난 맛집과 카페들도 들어섰습니다. 층 수 높은 숙박시설도 늘고 있는 중입 니다.

장래원씨가 말해주었습니다.

"죽도해변은 파도가 크든 작든 서핑을 할 수 있는 파도를 만들어주는 곳이니까요."

"양양에 서핑이 들어온 건 대략 2008년에서 2009년 쯤이었죠. 우리나라에서 서핑이 시작된 곳은 제주도 였고 그다음에 부산으로 옮겨져 붐을 타다가 양양 해 변으로 온 거예요. 양양의 가장 큰 장점은 인구 천만의 도시들에서 차로 두 시간 안팎에 올 수 있다는 것이죠. 해변은 아름답고 사시사철 서핑이 가능해요. 겨울에도 옷을 입고 장갑을 끼고 신발을 신고 후드를 쓰면 춥지 않아요. 스키장이 더 춥죠. 바닷가의 수온은 언제나 이 개월 전의 온도를 유지하고요."

"서핑의 매력은 자연과 호흡한다는 거예요. 파도가 올 때를 기다리죠. 사람의 취향과 욕망에 맞춰 자연을 바꾸는 것이 아니라 사람이 자연에 맞춰요. 기다리던 파도, 내가 만나는 파도는 먼바다로부터 바람이 일어서 생긴 것. 그 에너지를 만나는 거예요. 서퍼는 바다를 바라보고 그 에너지가 오기를 기다려야 해요."

"우리나라에 서핑이 들어오기 전에 양양 바다는 여름 한철 해수욕을 하려는 피서객의 휴양지였어요. 서핑이 들어온 후, 여행 같은 삶이 시작됐죠. 서핑은 사계절 가능한 스포츠. 먼바다에서부터 파도가 오기를 기다리는 삶의 시작이에요."

"양양의 해변은 파도타기에 좋은 천혜의 환경을 가졌고, 죽도에서 남으로 인구해변, 북으로 동산해변으로 가면 또 환경이 달라져요. 이 다른 조건들도 즐거움을 줘요. 성질이 다른 파도가 있으니까요. 다시 한번 이야기하지만 전 세계 어디에도 인구 천만의 도시에서 두 시간 안에 와서 서핑을 즐길 수 있는 곳은 양양밖엔 없어요."

양양의 해변은 1953년 이후 오래도록 가시바늘이 빼곡하게 박힌 철책이 높게 울타리로 쳐져 있었습니다. 몇 군데만 열려 있었지만 그런 곳도 어두워지면 들어갈 수 없었습니다. 반세기가 넘은 분단 상황의 유연한 변화가 양양에 서핑 문화를 만들어줬다고 할 수 있습니다.

죽도를 한 바퀴 도는 동안, 비록 서핑을 하지 않더라도 그들을 바라보면서 흠뻑 자유의 숨을 쉬었다면 이제 다음 장소로 가볼까요?

동산리(銅山里). 이곳에는 바다를 품고 사는 사람들의 고기잡이가 풍성해지고 어부들이 안전하게 조업할 수 있기를 바라는 제사를 지내던 서낭당이 있습니다. 이곳만의 특징은 봄과 가을 두 차례, 갑을병정…… 하고 날짜를 셀 때의 정(丁)날에 풍어제를 지내는 것입니다. 삼 년에 한 번 정성을 다해 제물을 차려 자연신에게 제사를 지냈습니다.

동산리 다음은 북분리(北盆里). 글자 그대로 그릇을 엎어놓은 것 같은 분지로 기원전 예맥시대의 북방변경이었다고 해서 뒷벌(北盆)이라고 했습니다. 양양은 고구려와 신라의 경계에 놓여 있었을지 모릅니다. 그도 그럴 것이 북분리보다 남쪽인 포매리나 지경리엔 신라시대의 묘지가 있으니까요.

양양의 해안도로인 7번 국도를 가르마로 해서 동쪽 해안가와 서쪽 산지의 부동산 가격은 하늘과 땅 차이. 지역 소멸성을 상징적으로 보여주는 곳입니다.

그러나 이곳에 주목하는 젊은이들이 있습니다. 그들은 양양이 가진 자연환경을 활용해서 도시 사람들에게 자연과 하나가 되는 경험을 주고 경쟁사회의 모순으로부터 건강성을 되찾게 하는 생활 경험을 공유하려고 합니다. 산과 바다를 바라보며 작은 터에서 채소를 기르며 연대하고 휴식하고 재생하는 일. 양양의 자연을 생활과 접목시켜 도시에서의 피폐해진 존재를 건강하게 되살리는 일. 양양의 자연이 그 능력을 가졌다고, 그래서 북분리는 물론 양양의 다양한 자연환경 속에 그런 공간을 마련하려는 젊은이들이 뭉쳤습니다.

죽도정에서 시작한 해파랑길 42는 하조대해수욕장까지입니다. 대략 십 킬로미터 정도의 거리이고 사람마다 다르지만 네 시간 안팎을 걷게 됩니다. 길은 어디든 물과 산과 골짜기와 들의 마을을 끼게 됩니다. 그 자연 속에서 사람들이 살았고 역사가 이루어졌으며 그

것은 바로 지금 이 시간에 닿아 있습니다. 푸르른 동쪽 바다, 수평선으로 툭 터진 광활함은 아름다움을 넘어 경이롭고 경외심마저 들게 합니다.

동산해변에서 이어지는 바다. 잔교리(棧橋里)해변입니다. 작은 해수욕장이 있고요. 물론 이곳에서도 서핑을 합니다. 일단 잔교리에서 잠깐 숨을 깊이 들이마시고 어딘가에 앉아 있어볼까요? 길가의 돌이나 풀, 모래 위에 앉아도 됩니다.

마을 이름은 보통 그 마을의 특징을 드러내곤 합니다. 잔교리도 그렇습니다. 마을은 남쪽과 북쪽으로 산이 있고 양쪽 산기슭에 집들이 있는데 그 집들 사이로 개울이 흐릅니다. 개울 때문에 작은 다리가 곳곳에 놓이게 되어 잔교리라고 이름 붙였답니다. 잔교리해수욕장은 다리 아래쪽, 그러니 남쪽 잔교리에 속합니다. 잔교리해변을 따라 북쪽으로 언덕을 걸어가다보면 마침내 만나게 되는 삼팔선휴게소.

우리나라의 고속도로엔 어디나 휴게소가 있습니다. 그런데 삼팔선휴게소는 조금 남다릅니다. 역사의 부표

(浮標) 같다고나 할까요? 양양이 고향인 제겐 반세기가 지나 곧 한 세기에 이를 시간이 되었지만 여전히 뜨거운 피가 흐르는 역사가 느껴집니다. 1950년, 느닷없이 우리 국토를 반으로 갈라놓아 그 모순이 아직도 알게 모르게 우리의 의식을 지배하는 상징이 되었기 때문입니다.

삼팔선은 양양의 허리쯤을 긋고 지나가는데 다섯 군데에 표지석이 서 있습니다. (나중에 따로 돌아볼 예정이라 여기서는 이렇게만 스치도록 하겠습니다.) 원래 삼팔선이 그어진 곳은 휴게소에서 북쪽으로 조금 걸어가면 나오는 작은 다리입니다. 잔교리에 놓인 여럿 다리 중의 하나이지요. 다리 남쪽은 남한, 미국의 지지를 받은 이승만 대통령, 다리 북쪽은 소련의 지지를 받던 김일성 수령이 있었습니다. 그들은 여러 의미로 우리나라 현대사의 상징이 되었습니다.

잔교리 삼팔다리 남쪽이나 북쪽 어디로든 산 쪽으로 올라가면 잔교리 마을. 논과 밭 사이로 난 길가엔 역사를 상징하는 여러 가지 조형물이 설치됐고 멀리 대치리 쪽으로부터 흘러내리는 물은, 그저, 그냥, 흐릅니다.

잔교리 309번지 김순희네 집. 지금은 터만 남았지만 그 집의 부엌은 남한이고 방은 북한이었다네요. 삼팔선이 지나는 곳엔, 잠은 남한에서 자고 농사는 북한에서 지었다거나 더러는 그 반대의 경우를 살던 사람들이 있었습니다. 삼팔선이 그어지기 전, 잔교리의 개울을 따라 양쪽 좁은 산허리 등지에 살던 사람들은 북쪽 산등성이를 넘어 광정리에서 농사를 지었습니다. 삼팔선이 그어져 그곳이 북한 땅이 되고 소련군과 인민군이 보초를 서게 되면서 농사를 짓기 어려워졌지만 처음엔 그걸 막지 않았답니다. 해가 뜨면 산을 넘어가 북한 땅 광정리의 토지에서 농사를 짓다가 해 지기 전에 돌아오면 됐어요. 광정리 땅은 기름지고 넓어서 곡식이 잘되었다지요.

그래서 그곳 토박이들은 잔교리에서 큰 골짜기를 지나 평야가 넓은 광정리로 오가며 농사를 지을 수 있었습니다. 하지만 검문이나 시간에 대해선 엄격했다지요. 어떤 할머니 한 분은 정해진 시간을 넘겨 잔교리 개울 건너 남쪽 산등성이로 넘어가다가 건너편 북한 초소에서 쏜 총에 맞아 크게 다치기도 했답니다. 그러니 정작 토박이로 사는 사람들에게 삼팔선은 너무도 급작스러운 일이어서 적응하고 사는 것이 어려웠을 것 같아요. 그 당시 대중가요 중엔 〈가거라, 삼팔선아〉 이런 제목의 노래도 있었습니다.

저의 어머니는 삼팔선 이야기만 나오면 그때를 회상하곤 했어요. 제가 네 살인가 다섯 살 때였겠지 싶어요. 저는 아무것도 생각나지 않지만 어머니는 아들인 동생은 업고 저는 걸려서 이곳을 지나려고 했답니다. 하지만 검문에 붙잡혀 갈 수가 없었답니다. 집은 삼팔선 북쪽 양양 읍내에 있었으니까요. 할 수 없이 잔교리 남쪽 산길로 해서 대치리 산길로 걷고 걸어서 삼팔선을 넘었다는 이야기를, 머리를 내두르면서 하셨습니다. 생각만 하셔도 아찔해지는 듯 보였습니다. 저는 기억나지 않는 이 이야기를 늘 대충 들어 넘겼는데 잔교리에 와서 갑자기 화면이 밝아지는 것처럼, 그 버려진 이야기가 싱싱하게 되살아나는 걸 경험했습니다.

7

자연이 만들어주는 해방구, 하조대

이제 우리의 목표는 아름다운 해파랑길, 해변을 걷는 것. 우리가 걸으려는 해파랑길은 하조대로 넘어가는 길입니다. 하조대는 기사문을 지나는데, 기사문의 집들 벽에는 이곳의 역사적 흔적을 드러내는 벽화들이 채색화로 그려져 있습니다. 군복을 입고 총을 겨누고 북쪽을 향해 넘어가는 국군과 미군들의 모습입니다.

6월 25일 새벽, 북한 인민군이 남한을 해방한다고 삼팔선을 넘어서 서울을 통과해 낙동강까지 갔다가 미군 맥아더 장군의 인천상륙작전으로 9월 28일 서울이 탈환되었죠. 우리는 이 사건을 9·28수복이라고 기념합니다. 이렇게 서울을 탈환한 미군과 국군이 동해안을 따라 올라오는데, 10월 1일 이곳 기사문항을 지납니다. 삼팔선을 넘은 것이지요. 바로 이날을 기념해서 한국의 국군의 날은 10월 1일이 되었습니다.

기사문의 벽화들을 보면서 잠깐 해변길을 벗어나 하조대해수욕장으로 갈까요? 기사문에서 하조대로 이어지는 바닷가에는 용머리처럼 생긴 바위가 있고 그 옆으로 포구의 날개라고 부르는 두 개의 돌출 바위가 있습니다. 예전부터 이곳에선 개날기 나루터라고 부릅니다. 바다로 튀어나온 바위들은 하조대와 등대와 갯축까지 이어지는데 그 물줄기가 바다에 이르는 지점을 갯축이라고 부르지요. 갯축에 이르는 물은 태백산맥의 동쪽 기슭인 대치리와 명지리에서 발원해 넓은 광정평야를 가로질러 동해로 흐르는 맑은 물입니다. 그 개울에서 물을 끌어 대어, 농사를 지었습니다.

이제 하조대를 볼까요? 봉홧불을 이어받아 하얀 연기를 피워올려 재난이나 전쟁 등을 알렸던 통신수단인 봉수대 앞산이 하조대입니다. 하조대는 더러 다른 의견들이 있지만 제가 어릴 때부터 충신들과 연관지어 생각했습니다. 고려 말의 부패한 조정에 실망했던 하륜(河崙)과 조준(趙俊) 두 사람이 이 정자에서 불의를 개탄하며 소요(逍遙)했다고 해서 하조대라고 이름 붙였다는 게 제 어린 날의 기억입니다.

하조대는 우리나라 애국가 영상 화면에 첫번째로 나오는 "동해물과" 부분의 소나무가 있는 곳입니다. 하조대의 남쪽에 돌출한 바위들, 그리고 하조대 북쪽으로 돌출되어 펼쳐진 바위들은 제각기 이름이 있습니다. 용의 머리 같거나 포구의 날개 같거나. 사방이 바위이면서 바다에 있다고 사바위.

바위의 이름들을 떠올리면서 하조대를 한 바퀴 돌아보며 '시간'을 생각한다면 좋을 것. 긴 시간 동안 살다 간 사람들, 그리고 세월. 변함없는 건 바위와 바다와 산으로부터 흘러내려오는 물, 광정천. 우리의 해파랑길, 하조대해수욕장은 광정천에서부터 시작됩니다. 백사장의 길이는 1.5킬로미터. 수심은 얕아서 오래전부터 가족들의 해수욕장으로 인기가 높았답니다.

수십 년 전, 1970년대 말쯤, 저도 태어난 지 육 개월 된 딸을 데리고 이곳 해변에서 텐트를 치고 며칠 있었어요. 한눈팔면 금방 아기가 기어서 텐트 밖으로 나와 기저귀만 찬 몸에 온통 하얀 모래가 뒤범벅됐어요. 그래도 아기는 건강하게 잘 자랐습니다. 그런 추억이 깃든 하조대, 한여름 온 식구들이 모두 모여 해변에서 솥을 걸고 섭을 따 넣어 고추장을 풀어 장국을 끓여 먹었던 곳이지요. 그런 양양 사람들의 하조대였지만 지금 하조대해변은, 그저 세계가 하나라는 느낌으로 다양한 분위기를 품고 있습니다. 서양의 어디, 유럽의 어디, 동남아의 어디라도 좋을 곳. 그래서 경계가 없어진 듯한 곳. 모르는 사람도 없고 피할 사람도 없고 그저 사람이라서 괜찮은 곳. 하조대입니다.

피부를 검게 그을리고 싶은 사람들을 위한 곳. 시간이나 때, 날씨와 상관없이 술기운에 거나해지고 싶은 사람들, 넘실대는 바닷물로 뛰어들어 내가 사라졌다 돌아오거나 숨었다가 뭍으로 드러나게 하는 바다와 숨바꼭질을 할 수 있는 곳. 처음엔 바위였을지 모르는 모래들. 바위에서 모래알이 되는 시간 자체인 모래를 마구 파고 몸을 묻어보는 곳.

존재하는 모든 것과 어울려 그로부터 저절로 우러나는 기분대로 몸을 움직일 수 있는 곳. 비가 오거나 해가 뜨겁거나 날이 어둡거나 밝거나 그저 '살아 있는 우리'가 있는 곳…… 하조대해변은 그런 곳입니다. 옆에서 선 채 술을 마시는 사람이 어느 곳에서 왔건 그의 피부색이 어떻건 그가 하는 말이 귀에 익거나 설거나 상관없는 곳.

하조대는 태백산맥에서 불어오는 바람과 태평양을 향해 밀려오고 밀려나가는 바닷물과 함께 '우리 모두'에게 '해방'이 필요함을 일깨워줍니다. 이른 새벽이나 한밤에도 우리를 규정하는 습관은 없어요. 습관이 우리의 마음과 몸의 주인이 아니랍니다. 내가 바로 나로 숨쉬는 곳, 숨쉬어도 괜찮은 곳. 하조대해변입니다.

서울의 강변터미널, 반포 강남터미널, 그리고 서울양양고속도로와 가평, 홍천, 인제휴게소엔 하조대로 자기 자신을 만나러 가는 젊은이들이 있습니다. 무엇으로 규정되지 않은 나, 내가 나로 온전히 시간과 장소와 현재를 만날 수 있는 곳, 해방의 하조대로 가는, 즐거운 상상으로 가득한 젊은이들의 모습.

해방의 하조대! 맞습니다. 서핑 비치. 그러니 여름엔 하조대해변으로 오세요.

자연은 그 작용이 하염없이 신비로워서 아무리 노력해도 사람은 흉내밖에 낼 수 없지만 자연에 몸과 맘을 맡길 수는 있답니다. 그리하여 자연 속에서 우러나오는 상상들을 느끼는 것. 떠오르는 모든 것을 모양과 소리와 움직임으로 드러내놓는 것. 그렇게 할 수 있는 곳이 하조대라고 감히 말하면, 지나칠까요?

　저와 같은 이전 세대에겐 상전벽해. 아득한 바다와 밀려오는 파도, 헤엄을 치고 모래를 파고 몸을 묻고 찌그러진 누런 알루미늄 통에 싸온 감자밥을 먹던 시절. 풋고추 몇 개와 된장으로 충분하던 점심. 지금 그곳엔 식당과 카페와 몸을 태우는 공간과 다양한 술을 마실 수 있는 한낮의 바닷가 술집도 있고 남쪽 늘 더운 나라들의 정취가 느껴지는 야자수 잎사귀 그늘막도 보기 좋은 간격으로 놓여 있습니다. 옷차림이 어떠하든, 어떤 걸음으로 걷든, 어떤 언어로 말하든 누구도 이상하게 바라보지 않는 곳.

　저 무한 경쟁과 무한 격차들. 그리고 잘 매만져지지 않는 저마다의 슬픔이나 실패들에 대해 잠깐 너그러워

질 수 있다고, 이렇게 말하고 싶습니다. 이 시대를 사는 대한민국 국민, 젊은이들에겐 너무도 절실한 공간이 아닐까요? 저는 이미 늙었지만, 저에겐 아주 오래전의 추억들이 서린 곳이지만…… 하조대의 이런 변화, 존중합니다.

저는 양양으로 가기 위해 이른 시간 서울의 지하철 2호선 강변역에 내려 동서울터미널에서 버스를 기다립니다. 여름이면 벌써 바다를 느끼게 하는 차림과 짐을 든 젊은이들이 버스에 오릅니다. 그들의 이야기 속에서 하조대라는 이름이 귀동냥으로 들립니다. 은근히 반갑고 기쁘고 자랑스럽습니다. 고향이니까요.

반대로 양양버스터미널에서 서울로 가는 젊은이들을 보면 피로와 아쉬움과 등뒤에 그림자로 남은 그리움이 느껴집니다. 어쨌든 자연이 만들어주는 해방구는 필요하니까요.

8

이 파도가 동호리해변에
서퍼들을 몰고 왔습니다

다음은 여운포리입니다. 전엔 이곳에 세 개의 포구가 있었다고 합니다. 여자 포구, 남자 포구, 소금 포구. 그러나 지금은 여운포리의 해변가 오래된 집들의 벽과 담장이 벽화들로 꾸며지고 그 가운데 유명한 빵집이 생겼습니다. 오래된 어촌 마을의 집을 조금 손봐서 시작한 빵집이 아니고 도시풍의 건물을 지었습니다. 빵집 뒤로는 숙박도 가능해 보이는 건물이 보입니다.

　여운포리를 지나면 역시 작은 포구가 있는 상운리. 상운리는 예전의 역참, 요즘 말로 하면 정류장, 터미널이겠죠. 대부분의 사람들은 걸어다녔지만 더러 말을 타고 다닌 사람들이 있었습니다. 그들이 타고 온 말을 매어두든가, 새로운 말로 바꿔 타던 곳. 그때 말을 매던 말뚝이 은근슬쩍 남아 있습니다.

이제 다음 포구는 아주 큰 동호리. 1950년즈음, 전쟁 시기에 동호 앞바다에 군함이 좌초되어 오도 가도 못하고 녹슬고 있었답니다. 동호포구의 모래에 처박혔다가 파도가 심해지면 조금 밀려나가기도 했지만 여전히 멀리 떠나지 못했다고 해요.

요즘 서핑의 명소가 된 동호리해변에 서서 그리 멀지 않은 우리 역사의 그맘때를 상상해보세요. 그리고 밀려와 좌초한 미군 군함을 그려보세요. 동호리는 그때 삼팔선 북쪽의 땅이어서 북한이었습니다. 당시에는 땅뺏기를 하듯이 전쟁을 했답니다. 같은 한반도 국민. 누구나 알아들을 수 있는 한국말을 하고 생김새도 거의 다르지 않은 군인들. 자본주의나 공산주의의 이념을 좋아해서 국군이 되고 인민군이 된 젊은이가 과연 얼마나 될까요. 우리도 모르게 나라 땅을 갈라놓고 그 갈라진 땅 어딘가에 살아서 그만 남한이 되거나 북한이 되거나 했겠지요.

하여간 남한과 북한이 싸웠습니다. 전쟁이 일어난 것. 그맘땐 동호리에 청년은 없었습니다. 모두 인민군에 나갔으니까요. 아니면 그전에 삼팔선을 몰래 넘어 남한으로 갔거나 했을 테니까요. 동호리에 남은 사내 아이들. 바다에 박혀 있는 어마어마한 쇠붙이 배를 처음엔 무서워했답니다. 녹슬어가는 배에 도깨비나 귀신이 살 거라고 생각했다지요. 어떤 사내아이들에겐 그 녹슬어가는 큰 배가 궁금하기 짝이 없었을 터.

"피란 갔다 돌아오니 동호리 남쪽 끝 앞바다에 시커먼 군함이 바닷가 모래부리에 박혀 있었어. 사람들은 무서워 가까이 가지도 못했지. 시간이 반년이나 흘렀을까? 가보니 군함 밑에 구멍이 났는데 그리로 들어가보니 칸칸마다 총과 총알, 폭탄, 대포에다가 별 이상한 것들이 들어 있었어. 머리가 들어갈 정도로 큰 대포도 있고, 부처님도 있고, 식당에는 그릇이 많았어. 우리는 그 속의 구리 파이프를 뜯어다 동네 도랑에 배수구로 만들어놓고 쓰니 좋았지. 고철이 돈이 된다는 걸 안 뒤로 친구들이랑 뜯어서 고물상에 팔기도 했어. 처음엔 차가 없어서 구리 파이프를 들고 속초 고물상까지 걸어서 갔어. 운이 좋으면 군용차를 얻어탔고. 쌀 한 말 값은 쳐주더라고. 재미가 들려 망치, 쇠톱, 스패너를 들고 배에 들어가 많은 고물을 뜯어냈어. 파도가 치면 배에 들어가기 어렵고 위험하기도 했어."

동호리해변에서 이 멀지 않은 역사를 상상하거나 생각해봐도 좋을 것 같아요. 눈에 보이는 것 속엔 늘 상상이 불가능한 역사가 켜켜이 쌓였을 테죠? 어쨌든 돌아 나가지는 못했지만 군함이 밀려올 만큼 컸을 파도. 이 파도가 동호리해변에 서퍼들을 몰고 왔습니다. 기나긴 모래사장도 매력이고요.

동호리에서 수산항으로 넘어가는 고갯길. 이곳을 다녀간 분이라면 누구나 그 환상의 언덕을 잊을 수 없을 것입니다. 해가 뜰 때, 혹은 해가 질 때, 언덕에서 바라보이는 해변과 수평선, 그리고 집들과 바다 소나무숲, 길, 새로 생긴 건물들, 사람들이 내뿜거나 내뿜고 돌아간 에너지들. 눈에 보이지 않으나 존재하는 그 기운을 흠뻑 들이켜보세요.

제가 어릴 땐 양양 읍내에서 쉽게 걸어갈 수 있는 해변이 오산해수욕장과 수산해수욕장 두 곳이었습니다. 수산해변과 오산해변은 조금 달랐어요. 수산엔 집안 어른들과 함께 가족 소풍을 갔던 기억이 남니다. 우리가 섭이라고 부르는 홍합과 전복, 해삼, 문어 같은 걸 잡을 수 있었나봐요. 아버지와 작은아버지는 당신들이 만드신 물안경을 쓰고 작살을 들고 바다에 들어갔던 것 같아요. 낚시도 하고요. 작은아버지는 낚시광이 되어서 당신의 방 한 칸을 낚시 도구 진열장으로 쓰며 누가 오든, 오는 사람들이 원하건 원하지 않건 무조건 그걸 구경하게 했어요. 저는 갈 때마다 설명을 들었지만 언제나 지루하기만 했어요. 지금은 두 분 다 이 세상에 안 계시긴 합니다.

하여간 이렇게 수고해서 잡거나 따온 해산물로 엄마는 커다란 양은솥에 고추장을 푼 뒤 여름 채소를 듬뿍 넣고 매운탕을 끓였습니다. 밥처럼 먹은 매운탕이었던 것 같아요. 밀가루로 반죽을 해서 수제비처럼 넣어 끓였으니까요. 그땐 요즘같이 유명한 생선 횟집은 없었습니다. 큼직한 섭을 넣어주는 섭전골과 활어로 회를 떠서 만든 회덮밥의 맛은 한참이나 지난, 나중에 익숙해진 음식이랍니다.

하지만 이맘때, 바닷물에 들어가 개헤엄이나 칠 줄 알던 수산에서 모르고 지나쳤으면 아주 손해였을 곳이 있네요. 바로 수산항 방파제가 마치 바다에서 돌아오는 배를 품으로 감아 들이는 모습의 등대가 선 곳, 그 오른편 옆에 산이 있습니다. 바다 쪽으로 뻗어나가다가 주춤 물러앉은 듯 뭉툭한 산, 수산봉(水山峰)입니다.

수산봉 위에는 오래전부터 그 자리를 지켜온 봉화대가 있었습니다. 요즘은 봉화대로 오르는 가파른 산에 나무 계단을 만들어놓았더라고요. 그 계단을 오르면 금방 넓고 넓은 바다가 펼쳐집니다. 날이 화창하거나 흐리더라도 다 괜찮습니다. 비가 오거나 눈이 와도 좋습니다. 남쪽으론 하조대는 물론 주문진까지 보이는 것 같아요. 그리고 북쪽으론 속초시 대포항의 외옹치는 물론 그 위의 영금정해변의 등대까지 보입니다. 그렇게 툭 터진 시야는, 그것만으로 뭉친 것을 풀어주는 듯합니다. 한번 확인해보세요. 저같이 뭉친 것이 많은 사람에겐 갑자기 나타난 구원 같았습니다.

이제 수산항을 지나 오산으로 가볼까요? 오산에도 바다에 돌출한 작은 산이 있습니다. 오산(鼇山)은 낙산사에서 오산봉을 바라보면 큰 자라가 춤을 추는 것처럼 보인다고 합니다.

수산과 달리 오산은 작은 오산봉으로 어부의 집들과 나뉘어 해수욕장이 있었습니다. 저는 양양초등학교 졸업사진을 오산 바다에 와서 오산을 배경으로 찍었는데 남학생들도 함께 있는 사진이더라고요. 엄마가 만든 원피스 수영복을 입고 부끄러워 몸이 오그라든 모습. 요즘 젊은이들은 상상도 안 되는 복잡한 규제와 금기와 편견들이 미덕으로 자리잡았던 시절이었어요.

오산해수욕장을 나서면 찻길 건너편에 선사유적지가 있습니다.

9 인류가 이곳에서 정착해
살았다는 게 믿겨져요

저는 이곳에 오면 왠지 마음이 막연해집니다. 해가
떠오르는 동쪽인 오산에서는 멀고먼 태평양의 원시부
터 출렁출렁거렸을 파도 소리가 들려옵니다. 고개를
돌려 해가 지는 반대편을 바라보며 태백산맥에서 흘러
내린 높고 낮은 산과 크고 작은 언덕들, 그것들 사이로
주름처럼 파인 수많은 골짜기로부터 바위와 흙과 나무
뿌리를 핥고 여기에 이르렀을 물을 생각합니다. 그런
물들의 시간을 느낍니다. 나라는 존재, 내 생명의 찰나
가 아무렇지 않게 감각됩니다.

사람들이 여러 가지로 노력해서 알아내고 추정하
는 구석기시대는 이백만 년 전쯤입니다. 그로부터 일
만 년까지. 사람들의 다양한 상상과 지식으로 눈치챈
구석기시대. 우리가 여태 다녀온 지경리부터 오산리까

지, 그 사이엔 이백만 년 전에 살았던 사람들의 무엇인가가 남아 있지 않을까요? 어쩌면 사람의 지식이나 연구로는 알아내기 어려운 것. 그런 물질이 존재하지 않을까요? 그래서 감각으로 느껴보려고 합니다. 양양의 도화리. 1984년 이곳에서 구석기시대의 유적이 발견됐습니다.

이런저런 유적들에 대해선 구태여 쓰지 않겠습니다. 유적 발굴단에 의하면 양양 도화리 일대에서 발견된 유적이 우리나라에서 가장 오래되었을 거라고 하네요. 구석기시대의 특징은 사람들이 돌로 도끼, 자르개, 찍개 등을 만들어 쓰기 시작한 것으로 구분하죠. 수렵 채취를 하던 때라니까요.

도화리로부터 육백 미터쯤 떨어진 오산리에 신석기 유적이 있습니다. 신석기는 구석기가 끝나는 시대에서 시작되었을 거라고 추정하는 때입니다. 그러니 일만 년쯤 전. 그 무렵엔 자연환경에 크나큰 변화가 있어서 양극지대의 두꺼운 얼음이 녹아 해수면이 올라가고 동식물의 생태 변화도 생겼을 거라고. 이런 변화된 자연환경 속에서 사람들의 삶의 방식도 달라졌을 것. 먹을 것을 찾아 떠돌던 구석기 사람들과 달리 정착생활이 시작되었다고 하네요. 돌을 깨서 도구를 만들던 시대에서 이제 흙으로 도기를 구워 그릇을 사용하기 시작한 거죠. 음식도 만들고 저장도 하고.

한곳에 정착해 농사를 짓기 시작한 것입니다. 돌을 갈아 다양한 도구를 만들고 직조(織造)도 했습니다. 잡아온 짐승의 고기를 먹고 그 가죽이나 뼈를 이용해 생활도구로 썼고, 풀과 가죽 등으로 끈을 꼬아 씨줄 날줄을 짜서 추위와 더위를 막을 옷을 만들어 입기 시작한 것입니다.

제가 어릴 때, 오산해수욕장으로 가는 길에 모래 둔덕이 있었습니다. 그 둔덕 아래엔 둥글게 파인 모래 웅덩이 같은 것이 있었는데 모래 웅덩이가 불에 탄 것처럼 검었습니다. 막연히 옛날 사람들이 살던 곳이라고, 그렇게 듣기만 했습니다. 그 옛날이 신석기시대였다는 건 한참 큰 뒤에 이해했고 감동은 더 뒤에 생겼습니다. 경이로운 경험이었습니다.

이곳은 바다와 호수가 함께 있었을 것 같아요. 그리

고 무엇보다 햇볕이 아주 강렬합니다. 양양(襄陽)이라는 이름을 타고난 곳 같아요. 그리고 이곳은 설악산 대청봉이 가장 또렷하고 아름답게 보이는 곳이기도 합니다. 경이로운 경험이었습니다.

이곳에 아무렇게나 앉아 하염없이 자연을 느끼다보면 고대에 살았을 사람들의 맑은 정신이 어렴풋이 상상됩니다. 그들은 자연의 일부, 자연의 모든 것이어서 자연의 마음과 하나였지 않았을까…… 우리의 산산조각난 마음으로는 도저히 느낄 수 없는 자연, 무구(無垢)했을 것 같아요.

이제 선사 유적지를 떠나 가평리. 우리말로는 갈벌. 이젠 그렇지 않지만 이백여 년 전까지만 해도 갈대가 벌판을 이뤘다고 해요. 갈대는 집을 지을 때 잘게 썰어 진흙에 섞어서 벽을 발랐다고. 바람을 잘 통과시키고 추위와 더위를 잘 막아내게 하는 것. 요즘엔 그걸 화학제품으로 대체했는데 사람 몸에 좋지 않다고 해요.

가평리에 서서 막연히 바다와 흙과 모래와 남대천을 바라보면 인류가 이곳에서 정착해 살았다는 게 믿겨져요. 살기 좋은 환경이었을 것 같아요. 모든 것이 있으니까요. 따사롭고, 민물과 바다에서 먹을 걸 얻고, 들판에서 알곡이나 한해살이나 여러해살이의 열매를 따기 쉬웠을 테니까요. 그래서 가평리엔 구석기에서부터 신석기, 철기시대를 거쳐 청동기에 이르는 오래고 오랜 유적이 남아 있는 것 같아요. 생명은 환경과 조건이 맞으면 저절로 번식하는 것.

가평리에서 남대천과 동해가 만나는 한개목, 그 신비한 곳을 바라보다가 새로 생긴 낙산대교를 건너 조산으로 갈까요?

하지만 저는 훅 건너뛰기로 합니다.

10

무엇이든 가로막지 않는다면

양양의 북쪽 길은 속초시에 닿으며 끝납니다. 그 경계가 쌍천다리죠. 우리가 처음 발을 댔던 강릉시와 경계를 지었던 지경리에서 해안을 따라오면 마침내 닿게 되는 곳.

1963년 속초시가 생기기 전까진 한참 더 북쪽으로 갔지만 지금은 쌍천에서 일단 멈춥니다. 백 미터가 채 안 되는 다리 한가운데 서서 서쪽을 쳐다보면 우람한 설악산. 울산바위의 모습에 숙연해지곤 해요. 언제나 그렇습니다.

왜 그럴까요? 그 설악산 골짜기와 골짜기로부터 흘러내려 이곳에서 동해와 만나는 물은 맑고도 맑아서, 아무리 깊어도 속이 훤히 들여다보입니다. 물속에 있

거나 물 밖에 있는 크고 작은 바위와 돌멩이들. 모두
둥글어요.

바위가 시간과 만난 흔적입니다. 마침내 모래가 될
바위들을 바라보며 단단하지만 부드러운 시간을 느낍
니다. 시간과 바람과 더위와 추위가, 그리고 상상할 수
밖에 없는, 상상조차 불가능한 자연의 변화들이 거기
모두 남아 있습니다.

그걸 바라보는 나. 나의 시간은 순간이라고 여기기
에도 민망한 찰나. 저는 양양 쪽에서 다리 아래로 내려
가보았습니다. 민물이 바다로 내려가는 곳에 크고 작
은, 넓고 좁은 모래톱이 둥글둥글한 바위들과 함께 누
웠습니다. 그 모래가 다 덮이도록 빼곡하게 내려앉아
신기하게도 한곳을 바라보는 갈매기. 그런데 어느 순
간 한꺼번에 날아오릅니다.

아, 어떤 사람이 개 두 마리를 데려왔네요. 개들이
갈매기를 잡겠다고 달려들자 한꺼번에 모래를 박차고
날아올라 여러 가지 문양을 만들며 선회하다가 아주
보이지 않는 곳으로 갔습니다. 갈매기에겐 미안한 일.

민물은 바다로 이르는 좁은 길을 내기 전에 큰 웅덩이, 큰 호수를 냈습니다. 그 민물 속으로 개들이 들어가 사람이 던져준 공을 입에 물고 헤엄쳐 뭍으로 나오네요. 갈매기를 다 쫓고서.

저는 민물이 내려오는 곳으로 힘차게 올라오는 파도를 바라봅니다. 민물은 모나지 않은 돌을 휩쓸며 자갈자갈 소리 내며 흐르고, 바닷물은 넉넉한 속도로 밀려와 내려오는 민물을 어루만집니다. 민물과 바닷물. 누가 누군지, 아마 물과 바다는 서로를 알려고 하지 않을 것 같습니다. 하염없이 서서 민물과 바다가 섞이는 것을 보고 있으면 이곳에 서기 전에 있었던 마음의 파문들, 혹은 오욕칠정의 파장들이 모두 사라집니다. 평온은 이로부터 만들어질 터.

쌍천교로 이어지는 국도는 7번. 오래전엔 국도가 이것뿐. 가난과 멸시와 차별 때문에 자기 나라에서 살 수 없던 일제강점기에도 이 길을 따라 만주로 갔을 것이고, 해방 후 삼팔선으로 갈리고 남과 북이 서로 이념과 사상을 달리하는 나라로 존재하다가 전쟁이 났을 때도 국군과 인민군, 미군과 소련군, 유엔군과 중공군이

이 길을 오르내렸을 것입니다. 그러니까 이 길은 고성을 지나 금강산을 지나 원산을 지나…… 부산으로 오갈 수 있었을 것입니다. 무엇이든 가로막지 않는다면. 사람의 자연스러운 삶이 저절로 그렇게 가르치는 대로 길을 따라 오가며 살아갈 테니까요.

쌍천에서 올라오면 물치(勿淄). 물치 어항(漁港). 예전엔 물치 장거리라고도 했습니다. 양양의 오일장이 양양장을 거쳐 다음날은 물치에 섰습니다.

양양에는 해안을 따라 항구가 여섯 개. 남애항, 동산항, 기사문항, 수산항, 낙산항, 물치항입니다. 오징어가 많이 잡히던 물치항. 그러나 요즘엔 잡히지 않습니다. 모두 서해와 남해로 갔다지요. 세상 만물은 모두 다 변하니까요. 변하는 세상을 탓할 수는 없다고, 그물을 손질하던 물치의 토박이 어부 한 분이 말해줬습니다.

물치항에서 바라보면 낙산사의 해수관음상이 보입니다. 그 뒤로 수산항의 봉수대가 보이고 아득하게 하조대도 보입니다. 항구 안쪽에선 추운 겨울에도 서핑을 배우고 즐기는 사람이 아주 많습니다. 물치항은 마을 자치로 회센터를 운영해, 신선한 활어만을 판매한다고 자랑합니다. 회센터 내의 점포는 주기적으로 자리를 바꿔서 어느 한 사람만 좋은 자리를 독점할 수 없습니다. 양양 사람들의 기질 중 하나, 공평함을 좋아하는 것.

어디나 마찬가지지만 항구엔 두 개의 등대가 품듯이 서 있습니다. 오른편 등대는 안쪽으로 들어와 있고 하얀색입니다. 왼편은 흰 등대보다 조금 더 바다 쪽으로 자리해 있고 붉은색입니다. 먼바다에 나가 고기를 잡고 돌아오는 배는 붉은 등대를 보고 항구를 찾고, 항구에 들어와선 알맞게 정박할 수 있도록 흰 등대가 빛을 비춰준다고 합니다. 무언가 보호하고 지켜주는 모습은 왠지 다 '품속' 같습니다. 두 팔을 안으로 감싸안는 품.

11

물론 죽은 돌은 없습니다

바닷가로는 자전거도로가 나 있고 사람도 걸어다닐 수 있습니다. 양양에서 따로 이름 붙인 몽돌해변길입니다. 몽돌해변길엔 차박(車泊)을 하는 차들이 빈틈없이 서 있습니다.

몽돌해변길 가에 서서 몽돌의 노래를 들어보세요. 몽돌이 파도에 몸을 뒤채는 소리. 마치 몽돌이 살아 있는 것 같습니다. 물론 죽은 돌은 없습니다.

이곳 해변을 촘촘히 들여다보면 돌의 세월이 느껴집니다. 저 설악산 어딘가로부터 떨어져나왔을 화강암 바위들이 구르고 굴러 둥글어지고, 다시 크고 작은 자잘돌이 되고, 사탕 알맹이 같은 몽돌이 되고, 손에 잘 잡히지 않을 것 같은 아주 작은 돌멩이가 되고 모래가 되는 세월……

   어디쯤엔 바위들이 조금씩 튀어나오기도 했습니다. 아마 바닷속을 들여다보면 까마득히 깊지 않은 곳에 암초 같은 바위산이 있을 테지요. 튀어나온 바위에 파도가 닿는 부분에는 아주 새카만 섭의 크고 작은 아기들이 다닥다닥 붙어 하루하루 커갑니다. 아마 그 사이사이로 섭만큼 어린 게들이 지나다닐 것이고 이름을 알리지 못한 생물들이 씩씩하게, 아름답게 자라나고 있을 것입니다. 사람들의 기미가 없을 때면 작은 물고기, 어쩌면 문어도 슬슬 기어오를지 모릅니다. 해파랑길이며 몽돌해변길인 이곳의 길가엔 해당화가 피어 있습니다.

   장미와는 달리 향기가 그윽하고 싱그러우며 부드러운 해당화. 제가 어릴 땐 남대천에 해당화가 지천. 늦여름부터 열매가 노랗게 익어가면 그걸 따서 굵은 무명실에 꿰어 목걸이로 만들어 목에 걸고 다녔습니다. 값나가는 금붙이 목걸이보다 더 자랑스럽게!

   우리가 불렀던 해당화 열매의 이름은 율구. 율구를

반으로 쪼개 그 안에 가득 들어 있는 하얀 씨앗을 물에 씻어서 먹곤 했습니다. 율구 씨앗은 살에 닿으면 가시처럼 따갑게 찔러서 조심히 먹어야 했는데, 어릴 땐 먹을거리가 늘 부족하니 율구가 익을 때를 기다렸습니다. 제가 다른 이들보다 조금 건강하다면, 아마 그맘때 따먹은 율구와 해당화밭, 자갈길을 걸어다닌 덕분일 거 같습니다. 해당화는 개울이나 바닷가에 사는 식물 같아요. 양양에 가면 꼭 해당화를 살펴보세요.

바닷가는 다 이름을 가진 해수욕장들입니다. 정암해수욕장, 용호리해수욕장. 그리고 후진해수욕장. 후진(後津)은 낙산사 뒤편의 나루라는 이름입니다. 후진해수욕장엔 '비치마켓양양'이 있어서 야영을 하는 사람들이 쉽게 장을 볼 수 있습니다.

특히 정암해수욕장에서 몽돌길을 걷는다면 국도변 건너편에 있었던 기차역을 상상해보길 바랍니다. 이젠 역사의 이름으로 그림자처럼, 흔적으로 남은 동해북부선의 낙산사역이 있었으니까요. 지금은 코레일의 직원 연수원인가 그런 건물이 자리잡고 있습니다.

동해북부선은 연변에서 양양까지 오가던 기차 노선입니다. 1929년 연변에서 시작해 1937년 양양역이 연창리에 들어섰습니다. 동해북부선으로 양양은 교통의 중심지. 1945년 해방이 되고 삼팔선이 생긴 다음 소련군이 이 기차를 타고 양양역에 도착했고요, 1950년 전쟁이 나고 가평리 쪽에서 미군의 함포사격으로 역사에 있던 탄약이며 무기 등, 전쟁 물자들이 모두 불에 탔는데, 불길이 하늘이 안 보이게 솟았다며, 생생한 두려움으로 그때를 회상한 어른들이 있습니다.

하지만 지금, 1950년은 아득한 옛날. 1953년 휴전이 되었고 그 휴전이 우리에게 어떤 의미를 가지는 것인지 떠올리지도 못할 세대가 우리 사회의 중심에 있습니다. 이날도 후진갯마을해수욕장에는 오후의 흐릿해진 햇살 속에서 서핑을 즐기는 사람들이 바다에 둥둥 떠서 파도와 한몸인 듯 보였습니다.

설악해변으로도 불리는 이곳. 양양을 서핑으로 사랑받게 만든 기사문의 낭만 비치 같은 화려함, 출렁거림, 해방구 같은 말로 표현하기 어려운, 그러나 수많은 감성을 끌어올리는 분위기는 없습니다. 영어로 표기된 크나

큰 카페, 이름난 펜션이나 호텔, 한여름에도 뭔가 서늘함
과 그늘이 가득하게 드리워진 듯 보이는 클럽은 없지만,
그런 곳이 갖지 못한 다른 것이 설악해변에 있습니다.

우선 자연 그대로인 것. 소비와 흥분을 부추기는 것
들의 적나라한 표현들…… 그래서 남애와 기사문과 죽
도와 하조대의 해변과는 달리 보일지 모릅니다. 혹시
자연스럽다는 건 촌스럽다, 혹은 소박하다, 시골 같다,
이런 것들과 같은 의미 아닐까요? 편안하고 건강하다,
라고 정의하면 일종의 편견이 될까요? 취향의 차이일
까요?

느릿느릿 걷다가 나무 의자에 걸터앉아 드론을 조
종하는 젊은 청년을 보았습니다. 구릿빛 얼굴이 눈에
들어왔습니다. 옆에 앉아도 되느냐, 무얼 여쭤도 되겠
느냐, 물었습니다. 그는 흔쾌히 허락했습니다. 그에게
들은 이야기.

후진항의 설악해변은 수심이 얕은 게 특징. 서핑은
일 년 열두 달 내내 할 수 있는 운동이다. 그러나 파도
가 있어야 하니까 서퍼들은 '파도에 목마른 사람'들이

다. 그리고 서핑은 '자연이 주는 대로만 할 수 있다'. 파도가 너무 크거나 너무 작거나 잔잔하면 서핑을 할 수 없다. 그래서 서퍼는 바닷가에서 알맞은 파도를 기다린다. 파도를 기다리는 사람들이라고 할 수 있다. 요즘엔 파도만 보는 일기예보가 있어서 미리 파도 환경이나 조건을 알 수 있다. 서핑을 할 땐 하늘을 나는 느낌이 생긴다. 눈에 보이는 풍경은 하늘과 바다와 산. 서핑은 혼자 하는 운동. 같이 바다에 떠 있지만 혼자. 혼자이긴 하지만 필연처럼 사귀게 되어서 절친이 되고 연인이 되고 결혼도 한다. 서핑은 사람들 사이에서 부대끼며 받는 긴장이나 압박이 심한 직업을 가진 젊은이들에게 인기가 많다. 파도를 타다보면 그 모든 시름이 걷히기 때문. 이십대에서 사십대까지가 대부분. 요즘은 여성이 더 많다. 외로워 보이지만 외롭지 않다……

설악해변에선 낙산사의 해수관음상이 우뚝 서 있는 매봉이 기댈 언덕처럼 남향을 지키고 북으로는 속초의 외옹치까지 바라보입니다. 지금은 천연의 외옹치의 아름다움을 지우고, 세워진 리조트 건물이 있습니다. 설악해변을 나오면 낙산사로 가는 자전거길. 그 길

을 따라 낙산사와 조산의 해변을 거쳐 걷다보면 남대
천과 동해가 만나는 한개목!

　　그동안 쌍천에서부터 물치천, 그리고 저 지경리에
서 가평리까지 오는 동안 만난 모든 곳의 아름다움을
뭉쳐놓은 듯한 한개목. 한개목의 풍광은 묻지 말고 미
리 알려고 하지 말고, 그냥 가보시라고 말할 수밖에 없
는 곳. 왜냐면 사람들의 언어로는 설명하거나 전할 수
없기 때문입니다. 이곳 양양 출신인 한 시인의 시가 어
쩔 수 없이 절로 떠오르고 맙니다.

　　저 모래 둔덕 넘어
　　그곳으로 가려 할 때

　　저녁 예불 낙산사 범종 소리에
　　파도 잠잠하기를

　　나를 키운 남대천
　　시를 짓게 한 저 낮달도

　　부디,

슬퍼 말기를

—한상호, 「한계목에서」 전문

12   한계령, 양양에선 오색령으로 불렸습니다

양양은 태백산맥을 가운데 두고 험준한 고개를 넘는 곳에서 인제군과 맞닿습니다. 우리나라에서 가장 긴 산맥인 태백. 남과 북으로 길게 자리하고 있습니다. 그 긴 등허리의 동쪽과 서쪽을 우리는 영동, 영서라고 부릅니다. 영동에서 영서로 넘어가자면 산맥의 한 허리 어딘가를 넘어야 합니다. 그 고개에 잇닿은 산, 양양을 모르는 사람들도 알고 있는 설악산입니다. 양양에서 올려다보자면 설악산을 오른편에 두게 됩니다. 우리나라, 남한에서 한라산과 지리산 다음으로 높은 대청봉(1,708미터). 대청 서북쪽으로 중청봉(1,666미터), 대청 북쪽으로 소청봉, 그리고 끝청은 대청봉의 서쪽에 있어요.

한계령은 그 높고 험하고 완강해 보이는 바위들 사

이로 움푹 들어간, 높이 1,004미터의 고개를 부르는 이름입니다. 고개 등허리 어깨쯤에 양양과 인제의 군계(郡界) 경계석이 세워져 있고, 설악도 인제 쪽을 내설악, 양양 쪽을 외설악이라고 부릅니다. 그래서 대청봉으로 오르는 길은 여러 곳에 있습니다. 양양과 인제, 속초, 어디서든 갈 수 있습니다.

어디로 올라가 어디로 내려오느냐에 따라 밟히는 풍경, 시선에 걸리는 아름다움이 사뭇 다르고, 숨쉬어 몸에 스며든 공기의 생명력이 다릅니다. 그 다른 것들을 두루 경험하는 기쁨을 놓치지 않는 등산객은 아주 많습니다. 사시사철, 일 년 열두 달, 설악산과 만나는 것이죠. 사랑한다는 건 아마 이런 것일 터. 보아도 보아도 더 보아야 할 것이 남아 있는 그런 마음. 한사코 달려가 안기게 하는 것. 만남이 거듭될수록 아쉬움이 깊어지는 것.

한계령은 이 고개가 가진 첫번째 이름이 아닙니다. 양양에선 오색령으로 불렀습니다. 지금도 그렇게 부릅니다. 오색령은 오래된 역사서인 『사기』에 표기된 이름입니다. 옛날 지도에도 오색령으로 표기돼 있습니다. 그런데 1968년 11월 2일, 야전 공병단에서 44번국도 공사를 하면서 지역 문화의 역사성을 무시한 채 붙인 이름입니다.

그 오색령. 대청봉으로 가장 짧고 빠르게 오를 수 있는 가파른 계단길이 있는 오색령 주차장 난간에 기대서 멀리 바라보면 동해가 보입니다. 그리고 눈에 들어오는 아름다운 풍광은 직접 경험하는 게 가장 올바른 선택. 여기서 설명은 아주 시시한 안내.

휴게소에 들러 이곳에서 만든 칡차, 산약초 차들을 마시며 한참 동안 숨을 고르시길. 그리고 44번 국도, 그 위태롭게 느껴지는 가파른 내리막길을 따라 오색약수터 쪽으로 내려가다보면 오른편으로 우묵하게 들어간 터에 '흘림골 탐방 안내소' 건물이 보입니다.

흘림골은 산이 높고 골짜기가 깊어 늘 흐린 날씨처럼 안개가 끼어 '흐림골'이라고도 부르는 골짜기. 저는 이곳을 꼭 가보시라고 추천합니다. 어느 해인가 바위가 떨어져 사고가 난 뒤 오래도록 통행 금지 구역으로 묶여 있다가 2022년 9월에 다시 열린 곳. 마음대로 갈 수 없고 반드시 사전 신청을 해야 하는데, 하루에 단 천 명. 그 청정한 곳에서도 흘림골의 높고 가파르고 좁은 길에선 말로 표현할 수 없는 경외감이 우러납니다. 자연에 대한, 자연이란 존재에 대한 존경과 두려움과 절대의 에너지에.

그곳 입구에서 얼마 가지 않아 오른편 나무숲 사이에서는 바위 사이로 흐르는 폭포를 보게 됩니다. 여심(女深)폭포라고 부르는데, 바위의 빛깔이며 생김새, 가운데로 흐르는 물줄기는 여성의 성징(性徵)을 느끼게 합니다. 감춰진 듯 드러나고 드러난 듯 고요한 느낌의 폭포 앞에 한동안 우두커니 서서, 저는 '평안'을 빌었습니다. 자연은 그 모습이나 변화가 우렁차고 고요하고 폭발적이고 가라앉았다 하여도 모두 생명일 것 같아서. 자연은 그 자체로 셀 수 없는 단위, 사랑이란 생각이 들어서……

여심폭포를 지나 가파른 산을 오르고 오르다보면 해발 구백 미터 지점. 이제 지쳤다 싶을 때 여러 개의 촛대 같아 보이는 바위들이 나타납니다. 보기만 해도 아뜩하고 다리가 풀리는데 포기하기엔 아쉽기 그지없는 그곳. 그 꼭짓점이 해발 천 미터를 찍게 합니다. 위험하지 않게 철판과 쇠줄로 난간과 계단을 만들었지만 힘들긴 마찬가지. 하지만 참고 올라가보면 생각지도 못한 평안이 찾아옵니다.

설명하기 어려운 기분…… 양양 읍내와 오산의 바다가 바라보이는 바위에 올라앉아 증명사진을 찍어둡니다. 서쪽의 경계에서 동쪽의 경계를 가깝게 바라보는 기분도 '돈, 자본, 상품 구매'로는 불가능한 경험을 안겨줍니다. 뿌듯함. '좋아요'를 한정없이 누르고 싶은 기분……

흘림골에 올랐으니 내려가야지요. 되돌아 내려가는 것은 좀 바보짓. 흘림골을 내려가면 주전골의 용소(龍沼) 삼거리에 이르니까요. 용이 하늘로 올라갔다는 용소는 주전골의 화룡점정(畵龍點睛). 저는 그곳의 용소폭포를 아무렇게나 앉아서 하염없이 바라보고 싶었습니다. 폭포와 내가 하나가 될 시간이 필요하단 생각을 하면서. 그게 가능하길 꿈꾸면서.

주전골엔 혼자 가기를 권합니다

주전골은 흘림골과 이어져 있어요. 오색약수터에서 골짜기를 올라가는 길인데 흘림골처럼 가파르고 좁은 골짜기가 아닙니다. 주전골로 가는 방법은 꽤 됩니다. 그곳에 가려면 우선 오색리에 도착해야 합니다.

저는 열두 살이던 초등학교 6학년, 수학여행을 이곳으로 왔어요. 밥해 먹을 냄비와 쌀과 반찬을 싸가지고. 아마 하룻밤 자는 여행이었을 것 같아요. 거의 하루종일 걸었지 싶긴 했지만 거리로는 십 킬로미터 될까요? 이른 가을날, 높고 깊은 오색 골짜기엔 해가 빨리 져서, 그리고 아직 어렸으니 다리가 몹시 아파서 하루종일 걸었다고 기억한단 생각이 드네요.

이른 오후에 도착해 싸가지고 온 점심을, 하얗고 동

글동글한 크고 작은 바윗돌에 앉아 먹었던 것. 이젠 모두들 다 늙은 할머니가 된 동창들도 오색에 가면 그 이야기를 합니다. 하지만 그때의 오색은 없어졌다고. 호랑이 담배 피우던 시절일 테니. 요즘은 양양에서 오색으로 가는 시내버스가 몇 대나 있고, 차로 가면 이십오 분이나 걸릴까요? 오색주차장에 차를 주차하든가, 아니면 산채 식당 거리로 들어가 작은 밥집 주차장에 차를 세워도 됩니다.

다리 아래에 있는 약수터로 내려가 톡 쏘는 약수를 바가지로 퍼서 마셔보세요. 육십사 년 전, 제가 먹던 약수와는 맛이 달라요. 그땐 아이들이 약수를 못 먹기도 했어요. 너무 톡 쏴서. 그 물로 밥을 하면 밥이 연두색이 되고 계란 냄새가 올라왔죠. 몸이 아픈 사람들이 치료를 위해 그곳의 지붕 낮은 여관에 와서 지내기도 하던 곳입니다.

지금은 상상이 불가능하게 변한 오색약수터. 약수골이라고 합니다. 약수터로 가는 약수골엔 이제 모두 가게들이 자리를 잡고 있어요. 하지만 변하지 않은 곳, 사람이 만물의 영장이란 미신에 사로잡힌 사람들의 욕

망이 함부로 솟구쳐도 어리석을 따름임을 깨닫게 하는
곳이 주전골이란 생각이 듭니다.

주전골의 탐방 안내소 건물을 지나 출렁다리에 발
을 내디디면 벌써 저 안쪽에서부터 들리지도, 보이지
도 않는 기운이 가득찬 것을 느끼게 됩니다. 다리를 건
너면 양양 지자체에서 잘 닦아놓은 길이 나오고 그 길
엔 어린이나 어른들도 어렵지 않게 갈 수 있도록, 배려
와 존중이 담겨 있습니다.

자연은 어느 한순간도 같은 모습을 하지 않아서 어
느 계절의 주전골이 가장 좋다고 말하긴 어렵습니다.
사람도 사실 매 순간 달라지니까요. 그 서로 다른 것의
변화 중에 어느 곳, 어느 시간에 어느 누군가의 개성과
딱 맞기도 합니다. 아마 우리는 그 순간의 황홀 때문에
다른 사람도 만나고 다른 자연도 찾아가고 다른 나라,
다른 문화, 다른 모든 것과의 경험을 그리워하는지 모
릅니다.

당신이 주전골로 들어선 때가 여름이라면 가지각
색의 모양과 빛깔을 가진 바위와 바위 사이로 흘러내

리는 맑고 푸른 물을 보고 감탄하게 될 것입니다. 높은 바위의 가슴을 타고 아래로 쏟아지는 물의 하얀 거품과 그 우렁찬 소리들에 저절로 침묵하게 될 터. 나무와 나무 사이, 바위와 바위 사이, 풀과 풀 사이를 오가며 서로 이야기하고 노래하고 존재를 확인하는 새들의 소리. 바람이 휘몰아치기도, 산들거리기도, 휘적거리기도 하는 기운을 흔들리는 나무숲에서 알아차리게 될 때도 아마 당신은 당신이 떠나온 사람의 세상을 잊었을지 모릅니다.

마음의 세수 같은 것…… 매끈한 바위 한쪽에 바람이 불어다놓은 흙으로 떨어진 솔씨 하나. 싹을 틔워 벌써 한참 컸습니다. 어쩌면 새가 주워 먹었을 소나무 씨앗이 그 새가 후루룩 날아가며 흩뿌린 똥에 묻어나와 바위틈 흙에 떨어졌을지도. 모든 생명은 조건이 주어지면 저절로 생겨나거나 살아나고 또 환경이 사라지면 생명 존재도 소멸한단 생각이 듭니다.

주전골의 모든 것이 이런 원리를 느끼게 합니다. 주전골에선 욕망의 목표를 놓아버려야 합니다. 어느 시간까지, 어디까지…… 같은 목표. 그럼 결국엔 목표만 남을 테니까요. 그러니 느리고 느리게 걸어보세요. 머지않아 오색석사 건물 앞에 이를 것입니다.

오색석사가 나왔습니다. 양양 읍내의 삼형제 다리에서 의상대사, 원효대사와 헤어진 윤필거사는 오색에 들어서서 이곳에 절을 지었습니다. 이미 아득한 옛날에 무너진, 동쪽과 서쪽의 석탑 두 개와 부도가 있었을 테지만 지금은 부서지고 허물어졌던 석탑 하나가 복원된 채 서 있고, 오래된 세월의 이끼가 낀 부도 한 개가 남아 있습니다.

성국사로도 불리는 절 마당에 고즈넉이 서서 사방을 둘러보기를 바랍니다. 왜 그 옛날 윤필거사가 이곳에 성국사를 지었는지, 그 간절함이 어루만져집니다. 서쪽 산으론 너무도 다양한 형상을 그려볼 수 있는 기암들이 제각각의 개성으로 솟아 있고 동과 남과 북으로는 울울창창한 나무들이 산등성이를 감싸고 있습니다.

서쪽으로는 대청봉 줄기로부터 오색령으로 흐르는 물이 모여 내를 이루며, 생명이 흠뻑 느껴지는 물빛과 소리는 크고 작은 바위를 휘감고 쓸어 넘고 쏟아져내

럽니다. 이런 곳을 지관들은 닭이 알을 품은, 금계포란
(金鷄抱卵) 같은 땅이라고 한다지요. 땅과 산과 물이 사
람의 염원과 어우러진 곳. 오색석사의 마당에서 주변
을 둘러보면 왜 이곳에 부처의 가르침을 영육에 담으
려 했을지, 윤필거사의 마음을 조금이나마 느끼게 해
줍니다.

오색석사에서 나와 위험한 바위나 가파른 산기슭을
나뭇가지나 흙에 묻힌 바윗돌에 의지해서 걸었던 길엔
단단한 철제 다리가 놓여 있습니다. 저 어릴 때처럼 바
위를 헛디뎌 물에 빠질 위험도 없습니다. 다리가 있으
니까요. 산기슭의 나뭇가지를 잘못 잡아 뿌리가 흔들
리며 뒤로 나자빠질 염려도 없습니다. 그런 곳엔 잔도
(棧道)가 놓여 있습니다. 마치 운남성과 사천성, 그리고
티베트의 마방들이 다니는 길을 연상하게 하는 잔도.

저는 주전골엔 혼자 가기를 권합니다. 주전골은 하
루도 같은 표정을 짓지 않고 하루도 같은 빛을 가지지
않으며 하루도 같은 향기를 뿜지 않습니다. 그러니 일
행과 이야기를 하며 걷다보면 주전골의 주인공들이라
고 알려진, 이를테면 독주암, 선녀탕, 금강문, 용소폭

포, 십이연주폭(十二連珠瀑), 만불동(萬佛洞) 등 이름 붙은 것만 보고 올 테니까요. 홀로 우뚝 솟은 바위는 홀로가 아닙니다. 독주암은 홀로 서 있지 않습니다. 주전골과 흘림골에 다녀오면 방금 돌아본 바위며 물과 나무로부터 한 덩어리의 지구를 느끼게 됩니다.

저는 늘 그렇습니다. 내 발밑에서 지구를 느끼는 경험. 주전골은 혼자서도 가보시길 바랍니다. 그리고 봄여름가을겨울에 꼭 가보시길! 주전골은 삼백육십오 일 표정이 다 다르니 부디 사계절의 주전골, 오색을 마음에 담아보시길! 혼자서도 가보고 여럿이서도 가보시길! 내가 자연과 혼연일체가 되는 신묘한 변화의 기미를 느낀다면 더 큰 수확이 없으실 것! 저 아래, 사람의 마을에서 얻은, 차마 이름 붙이기도 어려운 가지각색 마음의 상처들이 모두 헛된 것임을.

사람과 사람 사이의 오해라는 것이 한번 웃음에 지나지 않는다는 걸…… 주전골이 당신을 품으며 쓰다듬으며 어루만지며 말해줄지 모릅니다. 권력이니 명예니 부자라는 것이 우리가 생각하는 것보다 부질없는 것임을, 그래서 인생에서 소중한 것이 어떤 것들인지, 고요

하게 은근슬쩍 혹은 느리게, 어쩌면 주전골을 떠난 이
후에라도 알려줄지 모르니까요. 그래서 주전골이 당
신의 그리운 곳이 된다면! 위로가 필요할 때 주전골을
떠올리고 단숨에 달려가길 바랍니다. 달려갈 수 없다
면 그리움을 꺼내 당신의 몸에 입혀주세요, 가능할 테
니……

곧 선녀탕을 만날 것입니다. 아주 오래전 선녀들이
내려와 목욕을 했다는 바위 웅덩이 세 개가 층을 이루
고 있습니다. 옥빛의 물이 가득차 있고 위로는 물이 계
속 흘러내려 선녀탕을 채웁니다. 눈을 들면 기암괴석.
시루떡이나 엽전을 쌓아올린 모양이란 의미의 주전골.
도둑이 이곳에서 철을 녹여 엽전을 만들었대서 붙여진
이름이라고도 하는 주전(鑄錢)골. 전설은 모두 사실이
거나 사실이 아니거나 바람이거나 희망이거나 조롱이
거나 질책 같은 것.

주전골의 이름 붙은 여러 바위들을 넋 놓고 바라보
고 쳐다보고 골짜기의 소리들을 듣는 것으로 이미 당
신은 주전골과 하나가 됐을지 몰라요. 커다란 바위 두
개가 서로 어깨를 맞댄 금강굴. 아무리 더운 날도 늘

서늘한 이 짧은 골을 통과하면 무언가 새로워진 듯. 털이 깨끗해서 원형의 빛깔을 상상케 하는 다람쥐가 앞을 휙 질러 건너고 나무 위에서 덜 익은 도토리 가지를 물어뜯어 바닥에 떨어뜨리는 청솔모도 오래 사귄 정이 우러나는 곳.

이렇게 걷다보면 용소에 이릅니다. 언젠가 용이 하늘로 올라간 곳. 하늘로 올라가기 위해 용이 감당했을지 모르는 고난과 좌절과 슬픔을 감내했을 세월들을 느끼며 쏟아지는 물줄기와 그 아래 파인 바위의 커다란 확.

한참을 서 있노라면 저절로 내가 감당하려고 안간힘을 쓰던 것들이 짧고도 짧다고, 느껴집니다. 용소는 이곳에서 떨어지고 고이고 또 넘쳐흐르지만 눈에 보이지 않는 시간과 도저히 상상할 수 없는 공간으로부터 비롯된 것이라는 사실을 짐작하고 또 믿어보면 내 고뇌, 내 불행, 내 좌절, 내 오만들이 얼마나 시시한 찰나인지! 그리고 용의 승천을 느꼈다면 그건 축복. 그리고 어쨌든 이 모든 시간은 각자 '나의 몫'.

설악의 대청봉에 가지 못해도 주전골의 가을에 들어서면 자연 그대로의 빛깔을 드리운 나뭇잎들을 볼 수 있습니다. 대지가 더이상 물을 품지 않는 계절에 나뭇잎이 저마다의 빛깔로 물이 든 시간. 그 시간 속의 자연과 하나가 된다면 당신은 주전골의 가을을 삼킨 사람.

주전골의 아름다움은 겨울이라고 주장하거나 굳게 믿으시는 당신, 괜찮아요. 나뭇잎을 떨어뜨린 나무들의 정갈한 가지들, 몸통들, 그 살갗으로 스며드는 겨울 햇살과 바람들. 바위가 더 선연하게 바라보이는 겨울 주전골. 이 세상에 존재하는 모든 것의 생로병사는 하나의 사랑일 거라는 짐짓 건방진 상상도 용서받을 수 있을 것.

주전골을 돌아 내려올 땐 올라갈 때와 다른 정감이 나를 감싸는 걸 알게 됩니다. 마치 삶의 씻김굿을 치른 후, 용서할 것도 용서받을 것도 없는 상태.

괜찮아.
아무렇지 않아.
커다란 화해의 씻김굿.

내가 나를 용서한 시간 뒤에 남는 것.
그 남는 것으로 내일, 또 내일을 산다면……
충분해요.

이상하죠? 다 같은 산나물, 더덕, 버섯들인데 왜 이 곳에서 먹어야 깊은 맛이 날까요? 아무리 정성을 기울여 무치고 볶아도 오색 산채마을에서 먹는 '산채 정식'이나 '더덕구이 정식'들은 맛이 다 달라요. 물론 식당마다 음식 맛이 다르긴 해요. 어느 식당은 좀 기름내가 진하고, 어느 집은 담백하고, 어느 집은 동치미가 유난히 시원합니다. 명이나물이나 곰취, 개두릅장아찌도 간이 조금씩 다르긴 합니다. 음식 맛은 개인의 취향. 취향에는 높낮이가 없을 터. 무릇 음식은 정성이 최고지만 그것보다 더 중요한 건 물과 공기.

제가 어릴 때 오색약수터는 관광지가 아니었어요. 어쩌다 위장이 약한 환자가 이곳에 와서 약수로 몸을 돌보거나 봄철 양양의 어른들이 박달나무 물을 먹으러

와서 며칠 지내곤 했던 곳이지요. 그러나 이젠 그저 관광지. 단지 구경을 위해 들고나는 사람들의 특징이나 특성이 가게와 약수터에 먼지처럼 쌓인 게 느껴져요.

오색령 44번 국도는 상상도 하지 못하던 때, 양양 사람들이 서울로 가자면 강릉으로 가서 대관령을 넘든가 간성의 진부령을 넘어 인제, 원통을 지나가야 했습니다. 1950년대엔 눈이 많이 내렸어요. 요즘 눈으로는 상상이 안 될 만큼 눈이 내려 길이 막히곤 했지요. 그맘땐 진부령에서 버스가 절벽으로 떨어졌다, 사람이 몇 명 죽었다, 이런 '버스 추락' 기사가 났고, 그 기사는 글을 읽지 못하는 어린아이들에게도 소문으로 귀에 들어가곤 했어요.

진부령 어디쯤에선 외길이라 양편에서 신호를 보내 차를 외줄로 오가게 했죠. 버스를 타고 가다보면 나무 간판에 해골을 그려넣고 '달리면 죽는다' 이런 글자가 쓰여 있는 걸 볼 수 있었어요. 1960년대까지 그랬죠. 그 고개도 그후 여러 번 넓혀졌어요. 하지만 진부령을 넘어 서울로 가자면 하루종일이 걸렸어요. 열두 시간쯤 걸렸던 것 같아요. 차안에서 토하고 얼굴이 노랗게

변해서 쓰러질 것 같아 보이는 사람이 많았어요. 승객
중엔 난생처음 버스를 타고 다른 곳으로 가는 사람이
꽤 됐을 테니.

이런 형편에 오색령이 생겼습니다. 서울 가는 길이
거의 반 토막으로 짧아졌던 거 같아요. 1961년 군사쿠
데타 이후 군인들에 대한 생각이 달라졌을까요? 겨우
2차선이던 인제 홍천 등을 지날 때면 행군중인 부대를
앞지르지 못했고 속도를 더 낼 수도 없었다고 기억되
네요.

다 옛날.

하여튼 양양은 인제에서 넘어오는 백두대간의 깊은
골짜기, 오색령이 생긴 뒤로 그저 가만히 있어도 환경
과 삶이 바뀌기 시작했어요. 돈은 길을 따라 오가는 것
일까요? 자본주의와 산업화와 소비문화가 강 건너 숲
을 지나 산을 넘을 때보다 훨씬 빠르게 양양으로 들어
오기 시작했으니까요. 그래서 양양은 잘살게 됐을까
요? 어깨를 으쓱하고 펼 수 있게 됐을까요? 도회지 사
람들이 양양의 바다와 산과 골짜기와 명승고적을 찾아

'바캉스' '휴가'를 즐기러 오는 길에 양양의 토박이들에겐 희망과 행복과 자긍심이 심어지고 자라났을까요?

아직, 그때까지는 양양의 바다 여러 군데에 철책이 쳐진 상태였죠. 남북 관계가 대립에서 상호협력 관계로 바뀌다가 이내 냉전을 하고. 하지만 우여곡절이 지나면서 결국 대부분의 철책이 거두어졌습니다. 철책 덕분에 미지의 해변이 청정하게 모습을 드러냈습니다.

그런데 바캉스와 휴가, 피서 등은 철저하게 사람 중심의 문화여서 자연은 이용 도구. 쓰고 버리는 존재로 떨어진 것 같았어요. 이렇게 양양의 자연이 소모되는 것을 지켜보는 동안 슬픔과 분노가 가라앉지 않았어요. 하지만 빛과 어둠은 같은 것. 따로 떼어서 오게 할 수는 없는 것.

요즘 오색골짜기와 벼랑 같은 산등성이에도 집들이 들어섭니다. 굴피집이나 너와집이 아닌, 사진에서 볼 수 있는 서양식, 유럽식 분위기를 보이는 집들이 서고 있습니다. 덕분에 아무도 돌아보지 않던, 생각지도 못한 가격에 팔리고 있는지도 모르던 야산을 두고 피붙이들이 낯을 붉히는 일도 생기네요. 돈 때문에.

양양엔 화전민이 많습니다

오색령에서 양양으로 내려오는 동네에 사는 사람들은 가장 수명이 길다고 합니다. 장수마을입니다. 해발 오백 미터 이상. 물과 공기가 좋고 이웃이 화목한 곳. 원래는 이랬습니다. 해발 오백 미터 안팎엔 화전민들이 터를 잡고 살기 시작했죠.

저의 할아버지네도 화전민이었는데 저는 어렸을 때 화전민이 무엇인지 잘 몰랐어요. 산에 불을 놓아 밭을 일구고 골짜기 자투리땅을 파서 논을 삼는다는 말은 얼핏 들었지만 그렇게 할아버지네가 송어리 골짜기에서 터를 잡고 살아왔을 거란 상상은 할 수 없었어요. 그저 호기심에 물어본 적이 있어요. 할아버지는 왜 산에 사시느냐.

할아버지의 할아버지, 그 위의 할아버지들이 묻힌 묘지가 있는 곳. 할아버지는 '예전에 사람이 먹고살기 힘들면 산으로 가라'는 말이 있었다고, 그래서 산에 들어와 살기 시작했다고 했습니다. 할머니는 할아버지와 달리 농촌 사람이지만 너무도 가난해서 열한 살 때 민며느리로 들어와 부엌데기로 살면서 할머니의 시어머님 되시는 분께 매를 많이 맞았다고 했어요.

이, 화전골 송어리. 오색령에서 산채를 먹고 양양 쪽으로 가다보면 가라피를 지나 왼편에 있습니다. 길에서 보면 산골만 굽이치듯 바라보이는데 어떻게 그 안에 수십 가구가 살던 사람의 마을이 있을까요? 지금은 도로에서 훤히 바라보이게 찻길이 뚫렸지만 제가 어릴 때만 해도 길이 거의 없었어요. 여름날 지나가다보면 좁은 길에 풀이 무성하고 발자국 자리에만 가르마 같은 길이 보였는데 그 사이에 길게 누워 낮잠을 자거나 해맞이를 하는 뱀이 가로놓여 있곤 했어요.

한 십 리 가깝게 걸어올라가다보면 골짜기로 폭포가 쏟아지고 새가 나무에서 나무로 날고 풀벌레들이 마구 이야기를 하는 소리가 뒤섞여 덩달아 행복감이 느껴졌던 것 같아요.

화전골 송어리. 이렇게 보이지 않는 길로 한없이 올
라가다보면 왼편에 개울을 따라 동서로 집들이 드문드
문 있었어요. 너와를 이은 집. 굴뚝도 너와였던 것 같아
요. 마당으로 성큼 올라서면 양양 읍내 집에서는 도저
히 맡아볼 수 없는 냄새가 납니다. 바람에 흔들리며 춤
추는 당귀의 잎과 꽃에서, 깻잎이 흔들리면서, 노리대
가 서로 건들거리면서……

유난히 커 보이는 호랑나비, 나비와 나비가 날고 잠
자리와 잠자리가 날고 사마귀와 사마귀가, 벌과 개미
가, 메뚜기와 지네와 쥐며느리 등등이 서로 노느라 정
신이 없는 곳. 밭의 곡식들과 숲의 꽃들과 흙 속에서 꿈
지럭거리는 것들이 다 제 냄새를 뿜으니까요. 봄, 여
름, 가을, 겨울. 송어리에서 지낸 많지 않은 날들은 다
늙은 지금도 상상하는 것만으로 행복하고 평화로워집
니다. 사람 사는 곳에서 찾아볼 수 있는 평화라면 이곳
말고 또 어디에 있을까요.

양양엔 화전민이 많습니다. 산이 깊어서 그렇습니

다. 남설악 골짜기인 송어리 말고도 여러 곳이 있지만 송어리만큼 읍내가 가까운 화전골은 흔치 않아요. 화전을 하는 사람들이 산과 밭과 땅에서 캔 약초, 나물, 버섯, 수수나 조, 옥수수 같은 것을 이고 지고 장에 내다 팔아 소금 간을 한 새치, 고등어 등을 사오려면 이른 아침 나가 저녁에 돌아올 수 있는 거리가 괜찮으니까요. 송어리는 그런 거리로는 안성맞춤.

읍내에서 멀리 떨어진 곳의 화전민 마을은 1960년대 남한 침투 공비(共匪) 사건으로 정부에서 모두 떠나가게 했습니다. 이젠 야산이 된 화전민들의 오랜 터들은 구경할 수도 없어요. 화전민들의 그 순수한 삶의 방식을 여기에 다 쓰긴 어렵네요. 법수치리, 장리, 원일전리, 치례 같은 곳.

저는 장리의 화전민촌 '달아치'에 가보고 싶었습니다. 면옥치리엔 그 옛날, 고려장을 했다는 터도 남아 있습니다. 법수치리의 화전골, 새이터에도 가보고 싶었습니다. 그러나 지금은 수풀만 무성한 곳…… 사람이 살지 않습니다.

구룡령 희주 할머니, 김정자씨

구룡령. 해발 천 미터가 조금 넘는 곳. 양양은 여기서 끝이고 홍천은 이곳부터 시작입니다. 양양에서 출발해 구룡령을 가자면 어떤 이는 토하기도 하죠. 급하게 구불거리는 길이어서 그렇답니다. 구불거리는 모양이 용이 꿈틀거리는 것 같다고, 그래서 이름이 구룡령이 됐다네요.

구룡령 가는 길은 사시사철 아름답습니다. 봄에는 연두에 가까운 여러 가지 색의 봄 단풍, 여름이면 뜨거운 햇살과 우거진 나무와 풀숲, 가을이면 울긋불긋 단풍, 겨울에는 눈 모자를 쓴 나무들과 잎을 다 떨군 산꼭대기의 나뭇가지들. 그 사이로 햇빛을 담는 산등성이의 흙과 바위와 낙엽들. 그 사계절 사이사이에도 구룡령 길의 풍광은 아름다움으로 가득합니다. 아름다움

을 느낄 마음의 여유와 자연을 품을 너그러움이 가슴
에 있다면, 구룡령은 그런 사람을 밀어내지 않습니다.

오늘은 양양과 홍천의 경계, 양양의 경계를 따라 가
보는 마지막 땅에 서봅니다. 구룡령 정상이란 돌비석
은 경계에 세워져 있지 않고 홍천 쪽에 가깝습니다. 예
전엔 홍천군 내면이 양양 땅이기도 했었다지요. 상관
없습니다. 다 강원도고 대한민국이니까요.

그 비석의 바로 아래, 차를 세우거나 돌릴 수 있는
좀 넓은 곳에 김정자씨가 있습니다. 허술한 천막 속에.
아니면 천막 앞에 판자나 상자를 놓고. 그 위에 올려놓
은 말린 산나물, 여러 가지 가루, 약초나 약 뿌리들, 약
이 되는 나뭇가지들, 그리고 김이 오르는 어묵 솥까지.

천막 앞, 그런 팔 것들 옆에 접을 수 있도록 된 판자
도 있어요. 희주 할머니. 간판의 상호(商號). 가게 이름
입니다. 희주는 김정자씨의 손녀. 가게 이름 아래로,
막걸리, 도토리묵, 감자전, 산나물무침, 오뎅, 막걸리,
소주, 맥주, 칡즙, 이런 걸 판다고 쓴 글자들.

춘분이 지나고도 날이 차가운 때, 장마가 져서 산길이 질척이고 마구 자란 풀들이, 젖은 몸을 등산객의 옷가지에 비벼도, 단풍잎이 다 떨어져도, 내리막이거나 오르막인 길바닥이 미끄러워도 사람들이 이 '희주 할머니' 주막에 오지 않는 날은 없습니다.

벌써 사십 년. 서른한 살에 남편이 떠나고 머지않아 이곳에서 등산객이나 지나가는 사람들에게 술과 안주, 간단한 요깃거리를 팔기 시작했대요. 그러니 서른다섯쯤부터였겠죠.

그리고 2022년. 딱 일흔다섯 살이 됐답니다. 저와 동갑. 우리는 금방 동질감을 느꼈고, 사진을 찍어 서로가 살아낸 삶에 축축한 연민의 정을 섞었습니다. 우리는 나이 말고도 '남편'이 없다는 것도 같았어요. 그의 남편은 서른한 살에 어딘가로, 어쩌면 다른 여자가 생겨 떠났고 나는 이혼한 사람.

구룡령 정상에 가지 않을 때도 자꾸만 정자씨가 금방 강판에 벅벅 갈아서 부쳐주는 커다랗고 두툼한 감자전이 먹고 싶습니다. 들기름을 듬뿍 넣어서 지글지

글 소리가 나게 부칩니다. 양념장도 세상에서 가장 맛있는 것 같아요. 음식의 맛은 만드는 사람의 품성에 따라 달라질까요? 파와 풋고추를 간장에 넣었을 뿐인데, 고춧가루가 들었을 뿐인데 왜 그리 맛있을까요. 김정자씨의 푸짐한 마음과 일에 최선을 다하는 두 손과, 구룡령의 바람과 볕이 모두 만나서 그런 맛을 내겠구나, 생각합니다.

낡은 천막 안에는 의자가 서너 개씩 놓인 탁자가 두 개. 바람이 차거나 비가 오면 그 탁자가 모르는 사람들로 차고 넘칩니다. 그러나 이내 다 친해져요. 경상도 전라도 경기도 충청도 어디에서 왔다, 집사람과 백두대간을 일 년째 하는 중이다, 퇴직한 직장 동료들이다, 학교 동창들이다, 등등.

도토리묵과 막걸리, 자기 탁자의 안주를 나누거나 술잔을 돌리거나 금방 친해져서, 서로의 등산 일정과 오고갈 산행의 이런저런 것을 알려주고 잘 듣고 격려하고 마구 기뻐하는 주막.

태백산맥의 산등성이와 그 길들, 백두대간 길의 이

런 것 저런 것들을 서로 나누며 일정에 따라 일어서거
나 새로 들어오거나 모두 인사하는 주막. 그 중심엔
김정자라는 사람의 품성과 인생에 대한 달관이 있습
니다.

그러나 일 년 열두 달 아무때나 그를 만날 수 있는
건 아닙니다. 아무리 감자전이나 도토리묵, 산나물이
먹고 싶어도 참아야 할 계절이 있습니다. 겨울이 시작
되는 입동이 지나고 첫눈이 내린다는 소설이 다가오면
정자씨는 주막을 접습니다. 이즈음부터 입산 금지가
시작되기 때문입니다. 그는 이듬해 청명과 곡우 사이
에 다시 옵니다. 곡우는 봄비가 내리는 날이지요. 봄비
처럼 그를 만나러 가려고 벌써부터 벼릅니다. 등산을
하지 않더라도. 도토리묵과 감자전이 있으니까요. 술
이 있으니까요. 그는 음식을 과하게 시키지 못하게 합
니다. 사람을 보고 거기에 넘치면 그만 시키라고 하죠.

다음해, 다시 김정자씨를 만나러 가야겠어요. 만나
고 싶은 사람이 있다는 건, 행복한 희망이니까요.

17

구룡령 옛길은 슬쩍 비껴가는
길이 되었습니다

사람들이 오가던 길에 '옛길'이란 이름이 붙은 건 이제 다니지 않게 됐다는 의미겠죠? 그 옛길을 걸어보려고 합니다.

이곳이 옛길이란 이름으로 불리게 된 건 양양과 홍천 사이를 잇는 56번 국도가 생기고부터입니다. 56번 국도의 구룡령 정상, 양양에서 오르는 방향으로 오른편인 길가엔 양쪽의 산촌 사람들이 직접 기르거나 산이나 골짜기 개울에서 얻은 여러 가지 것을 들고 나와 팔았습니다. 도시의 마트에선 보기 어려운 산골의 나물과 곡식과 약초가 대부분이었지요.

고향을 떠나 도회지에서 살다가 이곳을 지나 고향 같은 객지로 돌아가는 사람들의 차는 대개 멈췄던 것 같습니다. 주막도 있어서 도토리묵이나 부침개, 메밀전이나 찐 옥수수, 튀긴 옥수수도 눈길을 끌곤 했지요. 지금은 장터가 없어졌지만 그때보다 길은 더 넓고 단단하게 변했습니다.

구룡령 옛길로 올라가려면 홍천 내면의 명개리 쪽으로 조금 걸어내려가야 합니다. 그러면 오른편, 그러니까 동쪽방향의 산으로 가파르기 이를 데 없는 나무 계단이 나타납니다. 나무 계단은 산꼭대기까지 이어집니다. 여러 곳에서 온 산악회의 이름이 적힌 색색의 끈나풀이 바람에 나풀거리고 숲이 우거져 이내 떠나온 도로는 보이지 않습니다. 계단이 끝나면 부드럽고 밝은 빛의 흙길. 나뭇잎이 떨어져 쌓여 푸근해 보입니다. 이정표도 있지요. 이곳으로부터 동쪽으로 열 시간 이십일 킬로미터를 걸으면 조침령에 갈 수 있고 서쪽으로 이십이 킬로, 대략 열한 시간 사십 분 걸어가면 진고개에 닿을 수 있다는 안내판.

안내판에서 숨 돌리며 행복해하다가 정상을 향해 완만한 산길을 사십 분쯤 걸어 오르면 드디어 옛길 정상에 다다릅니다. 아주 작지 않으면서도 넓은 공간이

광장 같습니다. 아마 누구에게나 그랬는지 몰라요. 그러니 십자(十字)거리라는 이름이 붙었겠지요.

그럼 구룡령 옛길 정상 안내판에서 사진을 찍고요. 사방이 터를 다져놓은 것 같은 편편한 광장, 십자거리, 그러니까 네거리에서 숨을 돌려요. 우리가 기억할 추억도 있으니까요.

이곳엔 강원도 산간지역의 특수한 주택 양식인 귀틀집이 있었답니다. 통나무로 짓고 지붕은 굴피나 너와를 이은 집이지요. 그 집에서 어느 아주머니가 주막을 했는데 음식도 팔고 잠도 자고 갈 수 있었답니다. 1950년 전쟁 이후에도 남아 있다가 중반쯤에 없어졌답니다. 그분이 누군지 몰라도 어떤 기미로 느껴지긴 합니다. 우리가 영화나 드라마, 소설 등에서 읽은 것들이 아무렇게나 형상을 만들어내는 것일 테죠.

사방거리는 동서남북 사방으로 갈 수 있다는 뜻. 그러니 광장은 중앙인 셈. 사방거리에서 추억의 흔적으로만 남은 아주머니를 느끼며 이제 옛길 안내판이 붙은, 내리막인데 어른들이 '토끼길'이라고 부르던, 아주 좁고 양쪽에 높은 산등성이와 가파르게 내려앉은 벼랑 사이를 걸어야 합니다.

이 길은 등산로가 되기 이전, 홍천 명개리와 양양 갈천 사람들의 생활의 길이었습니다. 물론 그게 다는 아닙니다. 고려 중엽에 생긴 길이라고 하니, 고려가 망하고 조선이 생기고 조선이 망하고 일제강점기를 거치고 해방과 전쟁, 휴전에서 오늘에 이르기까지, 길은 길로서 그 길을 걸어야 하는 사람들에게 어떤 대접과 또 홍역을 치르고 영광을 누리다 이젠 그냥 그리움의 대상이 되었을까요?

양양 쪽에서 한양으로 과거를 보러 가던 선비, 말을 타거나 걸어서 지방 관아로 문서를 전해야 했던 관리들도 이 길을 걸었을 것입니다. 그런 과거까지 거슬러 오르지 않아도 구룡령 옛길은 멀고 가까운 역사와 산골 사람들의 생활의 길입니다.

닷새마다 열리는 양양장에 가기 위해 자정이 지나서 팔 것들을 지고 이고 둘러메고 너와집이나 초가집을 나서면 달빛에, 달이 없는 그믐 무렵엔 별빛에 의지

하며 숲 사이의 길로 들어서서 내리막에선 미끄러지고
가파른 고개에선 숨을 몰아쉬며 걸었을 사람들.

요즘은 떡마을로 유명해진 송천 어귀에 오면 아직
날이 다 밝지 않았어도 길섶으로 들어가 다리 펴고 앉
아 싸가지고 온 밥보자기를 풉니다. 불면 와르르 날아
갈 것 같은 조밥이나 갈아서 쌀처럼 만든 강냉이를 넣
고 강낭콩을 둔 밥으로 아침밥을 먹습니다. 그리고 양
양 장에 닿으면 아침나절, 싸전이나 약초를 사고파는
곳에 짐을 풀어 상인이 부르는 값에 물건을 넘기고 어
물전에 들러 소금이 하얀 모래처럼 얹힌 새치나 고등어
를 사고 석유 한 통도 사서 지게나 망태기에 담습니다.

그사이 장마당 여기저기에서 시집간 딸, 두고 온 친
정 부모, 일가붙이들을 만나기도 하고 소식을 전해 듣
기도 합니다. 장에 물건을 파는 것만큼이나 소중한 소
식들. 그사이 누가 세상을 떠났다면 그 말 듣는 순간부
터 한바탕 울음을 울고……

갈 길이 하 멀어 마냥 넋을 놓을 수는 없으니, 자리
를 털고 일어나 어둠을 가르며 왔던 길로 다시 걸음을
재촉합니다. 송천을 지나 서림을 지나 항이리를 지나

치레를 지나 고개를 넘어 명개리에 다다르면 다시 밤.
이들이 지나던 그 길을 십자거리에서부터 차근차근 돌
아보기로 해요.

십자거리에서 갈라지는 곳은 서쪽으로 명개리입니
다. 그리고 갈천 녹봉, 구룡령 정상, 구룡령 옛길로 나
뉩니다. 낙엽이 쌓인 길, 길가엔 조릿대가 바람에 사부
작거리고 봄철을 준비하는 철쭉과 모든 식물의 가지
끝엔 두꺼운 옷으로 몸을 감춘 꽃봉오리들이, 그리고
잎을 다 떨어뜨린 참나무들. 가지가지 모양의 도토리
가 달리고 떨어졌을 흔적들이 발길에 밟힙니다.

이제 표지판에 보였던 '횟돌반쟁이'를 찾아야 하죠.
구룡령 아흔아홉 구비의 절반쯤이라고 여겨 붙인 이름
반쟁이를 찾아가는 길은 내리막 오솔길. 낙엽에 덮여
보이지 않던 울툭불툭한 돌들은 자꾸 발을 헛디디거나
접지를까 마음을 쓰게 하지만 아무렇지 않아요. 이 길
을 오고가며 살아냈을 사람들의 삶을 나름으로 마음에
되살리는 일은 눈물나게 정겨우니까요.

아마 한 시간 이십여 분이나 지났을까요? 가파른 낭

떠러지 쪽에 조금 넓은 평지가 드러났어요. 어른 서너 명쯤 둘러앉아 쉴 수 있어 보이는 곳. 참나무가 낭떠러지로 구르지 않게 가장자리 흙을 움켜잡아주는 곳. 햇살이 그곳에만 우물물처럼 고여 있는 듯 보였습니다. 역시! 뽀얀 횟가루가 박힌 돌들. 횟가루를 가득 품어서 쓱 긁으면 흰 가루가 떨어지는 돌들. 이곳에 앉아서 하얀 횟가루를 모았을 옛사람들. 횟가루는 긁어서 죽은 이의 관에 넣고 그 주위에 뿌리거나 벽을 바를 때 흙에 섞어서 쓰기도 하는 광물질의 하나입니다.

횟돌반쟁이를 지나면 솔반쟁이. 금강송 군락지가 나옵니다. 금강송은 그 자태가 어쩜 그리 우아한지! 모든 나무와 관목이 저 나름의 아름다움을 간직했겠지만 금강송을 바라보면 왠지 숙연해집니다. 하지만 가부장제와 선비 문화에서 생긴 일종의 편견. 소나무에 대한 무수한 예찬과 비유를 들어왔으니까요. 충성과 정의와 귀족의 품격으로 비유되면서.

솔반쟁이에서 편견대로 소나무를 우러러보며 내리막을 내려가다보면 아름드리 소나무를 벤 그루터기 세 개를 만납니다. 1989년 경복궁을 복원할 때 재목으로 보내진 황장목. 살아서도 천년, 죽어서도 천년 간다는 그 단단한 금강송의 그루터기는 잘려서도 아직 살아 있는 모습으로 길가에 나란히 모습을 드러내고 있습니다.

금강송 앞에 가서 두 팔을 벌려 안고 마음을 모아봅니다. 나무와 내가 하나가 되는 시간. 그 시간에, 겸손해지는 순간. 순수하고 귀한 느낌이 몸에 남으리라 믿습니다.

솔반쟁이를 지나면 길 가운데에 소복하게 마치 국그릇을 엎어놓은 것 같은 무덤을 만납니다. 무덤의 주인은 총각. 명개리 쪽의 처녀를 만나러 가던 청년이 죽어 묻혔다거나 양양군수와 홍천군수가 서로 땅을 넓히려고 고개를 넘을 때 군수를 업고 가다가 지쳐 죽었다는 이야기도 있습니다.

묘반쟁이를 지나면 일제강점기 시절, 이곳의 자철 (磁鐵)광을 탐내던 일제가 캐낸 철광석을 아래로 내려가던 삭도의 잔해가 남아 있는 걸 보게 됩니다. 양양은 오래전부터 성분이 좋은 자철이 나는 곳입니다. 철기시대에 철을 캐던 동굴이 남아 있고, 일제강점기에 양양 여기저기에서 철을 캐고 녹였던 흔적이 남아 있습니다.

특히 서면 장승리 자철광은 일제가 수탈한 자원 중의 중요한 것이었습니다. 이 철광을 실어나르기 위해 장승리에서 대포에 이르는 곳에 철로를 놓았습니다. 옛길의 가파르게 곤두박인 곳에도 시멘트 틀을 다져 놓고 그 사이로 쇠줄을 매어 광석을 산 아래로 옮긴 흔적. 옛날 삭도라는 작은 표지판이 왠지 슬픕니다.

삭도에서 더욱 가팔라진 길로 내려가면 왼편으로 도무지 해가 들지 않을 것 같은 숲속에 두 채의 작은 창고가 있습니다. 광석을 다룰 때 쓰던 폭발물인 다이너마이트를 넣어두었던 곳. 문엔 커다란 쇠자물통이 매달렸고 작은 창엔 거미줄이 걸렸습니다. 과거는 지나가지 않고 거기 여러 가지 형태와 질로 남아 있는 것, 그런 게 아닐까, 막연히 생각합니다. 내 몸이 내 나이만큼의 과거를 품고 있듯이.

창고 앞으로 개울이 흐르죠. 개울을 건너면 마을입니다. 토종벌을 키워 꿀을 내고, 산촌에서 나물을 기르거나 약초를 캐었을 마을 사람들.

1981년 4월 양양과 홍천을 잇는 56번 국도가 개통됩니다. 구룡령, 사람의 길, 생활의 길은 이날로 '옛길'이란 이름을 얻고 등산객이나 백두대간을 걷는 이들이 슬쩍 비껴가는 길이 되었습니다.

그런데 이상하죠? 저는 이 옛길에 금방 정(情)이 들었습니다. 자꾸 가보고 싶고 또 걷고 싶습니다.

18

선림원지, 더러는 어느 집의
주춧돌이 되었거나

구룡령에서 내려와 그리 오래 걷지 않아 왼편으로 상점과 펜션과 음식점 간판이 보입니다. 그 안쪽으로 난 길로 들어서면 곧 산이 앞에 와 서고, 갈천약수터로 가는 산길이 시작됩니다. 길에는 소나무, 참나무, 가래나무, 물푸레나무 등 셀 수 없이 많은 나무가 자라고 나무와 나무 사이에 휘어진 나무줄기가 그네처럼 늘어져 있습니다. 다래넝쿨입니다. 봄이면 여린 순을 뜯어 볕에 말리기도 하고, 데쳐서 무쳐 먹는 이곳의 산나물 중 하나입니다. 이런저런 새소리, 훌쩍 스치듯 달려가는 다람쥐와 청설모, 하늘을 나는 까마귀와 예사롭지 않은 날개를 펼쳐 보이는 나비들.

이렇게 이곳 산등성이와 골짜기에서 살아가는 자연의 식구들을 바라보며 걷다보면 이내 약수터. 골짜기를 흐르는 물에 몸을 씻는 바위들이 붉은색을 떠지요. 철분이 많은 약수가 흘러, 그 사이에 시간이 함께 얹히면 그리될까요? 갈천약수를 벌컥벌컥 마시고 나서 무언가 오래된 속병을 흔들어 내보내는 기분으로 개울에 발을 담그며 한참 있어봐도 좋을 것.

약수터 위로 가파르게 치솟은 산세. 그 등성이로 토끼나 다닐 길들이 보입니다. 크고 작은 길들엔 사람은 물론 움직이는 생명들의 이야기가 있을 것입니다. 해발 1,485m의 천왕산은 평창군 진부와 경계. 천 미터가 넘는 산이 더 있습니다. 약수산, 암산. 1903년, 의병장의 장례를 치렀다는 왕승골도 있습니다.

갈천에서 다시 아래로 내려갑니다. 갈천리 아랫동네는 황이리(黃耳里). 땅이 기름지지 않아 곡식이 잘 자라지 않고 누런 귀처럼 오그라져 흉년이 자주 든다고 황이리라는 이름이 붙여졌다고도 합니다. 그러나 구룡령의 귀가 달린 황룡(黃龍)이 잠시 머물렀다는 황이골도 있으니 아무래도 용과 관련있는 곳일지 모릅니다.

황이리 길가에 미천골자연휴양림이라는 커다란 안

내판이 서 있는 곳. 들어서면 곧장 다리가 있습니다. 구룡령에서 흘러내리는 개울입니다. 다리를 건너면 벌써 깊은 골짜기의 기운이 가슴에 스며듭니다. 이 깊은 골짜기 안에 신라시대, 선승들이 수도를 하고 학문을 연마하던 선림원이 있었습니다. 한창 땐 천여 명의 선승이 있어서 쌀 씻은 물이 뽀얗게 흘렀다고, 그 모습을 따 이름이 미천(米川)골이라 지어졌다고도 합니다.

지금 선림원지는 그 원형을 상상하기도 어렵게 비좁은 산 아래 흔적만 남아 있습니다. 천년이 넘는 세월 동안 자연의 변화가 얼마나 많았을까요. 지금 우리가 보는 저 나무, 저 바위, 저 산세가 그 시절의 그대로 일리 없겠죠. 기록에 보면 1681년, 숙종 7년에 동해안에 지진이 났습니다. "……양양에서는 바닷물이 요동쳤다. 설악산 신흥사와 계조굴의 거대한 바위가 모두 붕괴했다……?"고 했습니다. 그러고도 여러 차례 지진이나 홍수, 화재가 지나갔을 것입니다. 산불과 홍수가 지나가면서 그리고 지진이 땅을 뒤흔들면서 묻히고 떠내려갔을 선림원지. 더러는 어느 집의 주춧돌이 되었거나 빨랫돌, 장독대에도 남아 있을지 모릅니다.

그나마 남아 있는 흔적들. 통일신라시대의 전형적인 양식을 보여준다는 삼층석탑, 통일신라시대의 석등, 서기 886년 통일신라시대 헌강왕 12년에 건립된 것으로 추정되는 홍각선사탑비, 비문에 운철(雲澈)스님이 왕희지의 글씨를 모아 1,340여 자로 추정되는 글자를 남겼는데 현재는 710자를 확인하였습니다. 홍각선사 부도도 눈여겨 살펴보세요. 그리고 사방을 둘러보세요. 산과 산이 맞닿을 듯 가깝고 저 아래 숨은 듯이 흐르는 계곡물 소리는 아득히 들립니다. 개울물을 쌀뜨물로 흐르게 했을 정도의 선승들이 모여서 삶의 참뜻을 깨치려 했을 이곳. 천 몇백 년이 흐른 뒤의 지금, 우리에게 전하는 말이 느껴질지 모릅니다. 저마다의 다른 경험, 다른 삶의 언어로 되살아날 어떤 것. 동시에 이곳 양양 출신인 이상국 시인의 시 「선림원지에 가서」가 떠오르는 순간입니다.

선림(禪林)으로 가는 길은 멀다
미천골 물소리 엄하다고
초입부터 허리 구부리고 선 나무들 따라
마음의 오랜 폐허를 지나가면
거기에 정말 선림이 있는지

153

영덕, 서림만 지나도 벌써 세상은 보이지 않는데
닭죽지 비틀어 쥐고 양양장 버스 기다리는
파마머리 촌부들은 선림 쪽에서 나오네
천년이 가고 다시 남은 세월이
몇 번이나 세상을 뒤엎었음에도
흐르는 물에 발을 담근 농가 몇채는
아직 면산(面山)하고 용맹정진하는구나

좋다야, 이 아름다운 물감 같은 가을에
어지러운 나라와 마음 하나 나뭇가지에 걸어놓고
소처럼 선림에 눕다
절 이름에 깔려 죽은 말들의 혼인지 꽃들이 지천인데
경전(經典)이 무거웠던가 중동이 부러진 비석 하나가
불편한 몸으로 햇빛을 가려준다

어디로 가는지도 모르고
여기까지 오는데 마흔아홉 해가 걸렸구나
선승들도 그랬을 것이다
남설악이 다 들어가고도 남는 그리움 때문에
이 큰 잣나무 밑동에 기대어 서캐를 잡듯 마음을 죽

이거나
　저 물소리 서러워 용두질을 했을지도 모른다
　그러나 슬픔엔들 등급이 없으랴

　말이 많았구나 돌아가자
　여기서 백날을 뒹군들 니 마음이 절간이라고
　선림은 등을 떼밀며 문을 닫는데
　깨어진 부도(浮屠)에서 떨어지는
　뼛가루 같은 햇살이나 몇됫박 얻어 쓰고
　나는 저 세간의 무림(武林)으로 돌아가네

　　　　　　—이상국, 「선림원지에 가서」 전문

19

이 길은 좁고 좁았을 것,
그 길을 찾아 걸었을 사람들

이제 선림원지를 떠나 더 위로 올라가볼까요?

미천골은 오른쪽으론 높은, 천 미터가 넘는 할아비 산 조봉(祖峯)이 있고 그 옆엔 조금 낮은 할미 산 조모 봉(祖母峯) 등, 높고 낮은 산이 여럿입니다. 할미, 할아 비 산 사이엔 널찍한 들판이 있습니다. 이곳에서 화전 을 일궈 살았습니다. 그 산과 산들 사이에 심마니들이 움막을 치고 일주일 정도씩 머물다가 내려가곤 했습니 다. 산이 높으면 골이 깊다고 하지요. 골이 깊은 그 아 래 가파른 곳엔 개울물이 흐릅니다.

사람들이 자동차를 이용하며 경치 좋고 대기가 맑 은 곳을 찾아다니기 전, 이 길은 좁고 좁았을 것. 그 길 을 찾아 걸었을 사람들. 산꾼들이나 다녔을 길이었겠죠. 봄에는 다래 순부터 취나물, 고사리, 노리대 같은 여러 가지 산나물을 뜯고 여름에는 산천어나 송어, 메기 같은 물고기와 뱀을 잡고 가을에는 머루, 다래를 따고 구람과 가래, 산밤을 줍고 온갖 버섯들을 따고 산도라지와 더덕에 산삼 같은 약초를 캐고 겨울에는 소나무 등걸 옆을 파서 봉양을 캐고 암칡을 캐고 나무를 하던 산. 그들 삶의 길은 좁고 가팔랐을 겁니다.

이제 이 길을 거쳐간 사람들의 삶을 느끼며 걸어봐요. 산에 의지해서 살았을 사람들의 삶. 그들의 기쁨과 괴로움, 희망과 절망, 그리고 순정한 산을 닮아 순정할 뿐인 성품들.

길 오른편 벼랑 아래서 물소리가 올라옵니다. 작은 둔덕같이 커다란 바위. 누가 그렇게 잘 다듬었는지 놀랍기만 한 동그란 바위, 나무판자같이 너르고 너른 바위, 그 바위 아래로 쏟아지는 물소리. 폭포 아래는 수수만 년 동안 물에 파였을 바위 웅덩이가 있습니다. 웅덩이를 채우는 물은 짙은 푸른빛. 그 빛을 아끼고 싶은 사람들이 에메랄드라는 보석을 찾아내 손가락에 끼거나 목에 걸지 않았을까요?

햇볕에 반짝이는 바다의 물결이나 호수에 비치는 햇빛을 보면 늘 이런 생각이 떠오릅니다. 사람들은 결국 자연으로부터 상상하고 자연을 몸에 지니려고 했을 테니까요.

미천골에는 거의 모든 지명에 골(谷)이란 글자가 들어 있습니다. 물이 흐르는 골짜기와 산으로만 되어 있는 곳이기 때문입니다. 이 골짜기엔 빙산(氷山)도 있습니다. 한여름 삼복에도 얼음이 있다고 붙여진 이름입니다.

또한 이곳의 상직소(上直溯)는 물줄기가 폭포로 내려쏟는 힘에 그 높은 바위를 오르지 못한 힘이 센 메기, 산천어가 결국 멈춘다는 곳입니다. 상직소엔 이런 물고기 이야기 말고도 전설이 있습니다.

양양의 대장간에서 일하던 청년과 한양에서 피부병을 고치려고 불바라기약수터를 찾은 소녀는 첫눈에 반해서 사랑에 빠졌습니다. 어느 날 약수터로 가던 소녀가 장마로 불어난 피룡골 계곡을 건너다가 물에 빠져

죽었습니다. 슬픔을 견디지 못한 청년이 피룡골 바위에 물망초(勿忘草)라는 글자를 새긴 후 상직폭포에 몸을 날려 소녀의 곁으로 갔답니다. 이후 마을 주민들이 물망초 바위 앞에서 영혼 혼례를 올려줬답니다.

이 바위에 손을 얹고 사랑과 소망을 빌면 이루어진다고 합니다. 그 상직폭포. 메기와 산천어가 올라가지 못하는 상직소에 내려가 전설과 세월을 느껴보세요. 그리고 사랑도 함께.

불바라기약수터는 이곳에서 한 시간 이상 걸어야 합니다. 좋은 것은 쉽게 다가오지 않고, 그 시간에도 우리의 발길이나 가슴에 어리는 것은 태고의 엄숙한 기운들입니다. 그 기운에 감사하고 겸손해지면서 걸어보세요. 머지않아 불바라기약수터가 훅 나타납니다. 길에서 오른편으로 난 골짜기로 들어서서 조금만 걸어가면 청룡과 황룡이라 이름 붙여진 폭포 사이로 불바라기약수가 솟아 흐릅니다. 약수가 솟는 곳은 철 성분으로 바위가 붉은빛을 띱니다.

약수를 마시고 몸안에 알게 모르게 차 있는 나쁜 기

운들, 나쁜 성분들을 씻어내보세요. 그리고 조금 숨을 돌린 뒤에 돌아가기로 해요.

　미천골 가는 길 첫 길섶의 황룡마을. 지금은 자연휴양림으로 불리는 그곳에서 대대손손 살아온 이병길 아저씨. 1960년대 중반쯤 그의 아버지가 약초를 캐러 갔다가 산삼을 캤습니다. 그 당시 돈으로 일억 몇천을 받았던 아저씨네 집. 그는 아직도 태어나고 자란 곳에서 삽니다.

우리는 구룡령에서 옛길로 들어갔다가 갈천으로 나왔습니다. 그리고 황이리에서 미천골로, 그곳에서 불바라기약수터를 지나 상직폭포에서 몸을 던진 청년의 순애보도 들었습니다. 그가 바위에 새겼다는 글자, 물망초도 확인했고요.

황이골에서 나오면 다시 56번 국도. 산과 산 그 사이의 골짜기와 냇물을 따라 난 길. 사람들을 위해 일부러 똑바로 펴놓은 길이 아니어서 자연스럽고, 자연스러운 건 사람과 자연에게도 편안함을 줍니다. 도로 오른편으론 남대천으로 흐르는 물이 푸르고 맑습니다.

곧 영덕리. 길이가 이십사 미터쯤 되는 영덕다리를 건너면 바로 그 왼편 길가에 세워진 크고 둥근 바윗돌이 보입니다. 차에서 내려, 혹은 걷던 걸음을 멈추고 그 바위를 보시기 바랍니다. 바위에 붉은 글자가 보일 거예요. 마치 한반도를 상징하는 듯한 모양의 받침대 위에 둥근 화강암이 얹혀 있고요. 거기에 붉은 글자로 38, 그 숫자 옆에 '선'이라는 검은 글자가 새겨져 있습니다. 그러니 38선.

삼팔선은 한반도가 일제로부터 해방이 되자마자 그 지점에서 두 동강으로 '갈라졌다'는 표식이기도 합니다. 양양과 홍천이 다르듯 그저 그렇게 갈라지는 것이 아니라, 서로 적대적이고 공격하고 망하기를 바라는 그런 관계가 되어버린 것이지요. 이렇게 땅을 갈라서 서로 미워하는 게 옳은 것처럼 살아야 했던 세월. 그 오랜 세월 동안 우여곡절도 많았지만 현상은 여전합니다.

바윗돌 옆엔 삼팔선의 의미를 새긴 판자가 세워져 있습니다. 삼팔선이 지나가는 강원도 양양군의 땅. 저는 이 글 앞에만 서면, 말로 다 할 수 없는 감정의 소용돌이를 느끼곤 합니다.

"1945년 8월 미·소 양국이 북위 38도 선을 경계로 일본 점령지의 전후 처리를 위해 설정한 임시 군사분계선으로, 하나였던 한반도의 허리를 관통하며 12개의 강과 75개 이상의 샛강을 단절시켰고, 181개의 작은 우마차로, 104개의 지방도로, 15개의 전천후 도로, 8개의 상급고속도로, 6개의 남북 간 철로를 단절시키며, 하나의 독립국가로의 발전을 저해하는 걸림돌이 되었다. 이데올로기의 갈등이 심화되고 적대감이 고조된 1950년 6월 25일 전쟁으로 이 선이 무너지나, 1953년 휴전협정으로 휴전선이 성립될 때까지의 남한과 북한의 정치적 경계선이 되었다."

영덕리에서 구부러지거나 내리막인 길을 따라 서림리, 공수전리 등을 지나 송천리에 닿습니다. 송천리는 '떡마을'로 전국적인 명성을 날리는 곳입니다. 양양에서는 기쁘거나 슬프거나 여러 사람을 만나는 행사에 꼭 송천떡이 올라옵니다. 송천은 오색 골짜기, 그 맑고 수려한 남설악 오색령의 흘림골과 주전골 등에서 흘러내려온 물이 산굽이를 핥으며 모래와 자갈과 바윗돌을 휘감아 흘러온 개울을 앞에 두고 있습니다. 물이 맑고 햇살이 좋고 공기가 맑은 곳.

우리 모두 가난하던 시절, 송천의 어머니와 할머니들이 송편이나 개피떡, 인절미와 절편을 해서 함지에 담아 이고 외지 사람들이 오는 오색약수터 같은 곳에 가서 팔았습니다. 떡을 사 먹어본 사람들이 맛이 좋다고, 그렇게 입소문이 나면서 오늘의 송천떡 마을로 자라났습니다.

저는 특히 취찰떡을 좋아해서 냉동실에 보관했다가 가끔 들기름에 구워 먹곤 합니다. 처음엔 재래식으로 쌀을 시루에 쪄, 커다란 안반 위에 김이 오르는 떡밥을 얹어놓고 안반의 양쪽에 메를 들고 한 번씩 돌아가며 칩니다. 이렇게 쳐서 만든 찰떡은 쌀이 도들도들 씹히며 향긋한 내를 풍깁니다. 취는 약초와 같아서 건강에 좋고요.

송천마을 어귀에서 그 옛날, 구룡령을 한밤 내내 걸어와 이곳에서 베보자기를 풀고 아침을 먹었던 내면리의 장꾼들을 그려보세요. 겸손이나 검소나 소박 같은 의미를 달아서 그들의 생활을 그려보는 것조차 모욕이 될 것 같은, 그들의 삶을 느껴봐요. 우리 마음으로부터 아름다움이 저절로 우러날지 모릅니다.

21 영혈사(靈穴寺)는 '돌보지 않는 주검'을
거두고 있습니다

양양에는 아주 오래된 사찰들이 꽤 있어요. 그 대표적인 사찰 세 곳을 묶어 돌아보는 것도 즐겁고 뿌듯한 일. 하루에 이 세 곳의 사찰을 돌아보면서 신라시대의 사람들, 그리고 사찰에 의지하고 안기었을 사람들의 마음을 상상하고 느껴보는 것도 좋을 것 같아요. 그 옛날, 왜 신라·당·서라벌에서 이곳까지 와서 절을 지었을까요. 감히 그 맘을 미루어 짐작해보는 것도 양양의 멋과 깊이를 느끼는 데 도움이 될 것.

영혈사는 깊고 깊은 골짜기에 있습니다. 양양 읍내에서 설악산 대청봉을 바라보면 그 앞에 가슴골 같은 것이 보이고요, 그 앞에 상등성이가 평평하게 펼쳐져 있어 관모(冠帽)의 형상을 했다고 해서 이름이 관모봉인 봉우리가 있어요. 그 남쪽 기슭에 영혈사가 있습니다. 영혈은 그 뜻이 영험한 구멍입니다. 실제로 영혈사 서쪽에 굴이 있는데 옛날 신승(神僧)이 방앗공이를 돌구멍에 넣었더니 얼마 후 낙산의 관음굴에서 나왔다는, 믿을 수 없어서 그저 전설인 이야기가 있습니다. 더군다나 바닷물은 모두 짜지만 관음굴의 물맛은 영혈사와 같다는 전설과 함께.

영혈사는 화일리(禾日里)에 있습니다. 마을 이름은 그 지역의 특성이나 가치를 품고 있습니다. 화일리도 그렇습니다. 곡식을 의미하는 화(禾)와 태양을 의미하는 일(日)이 함께 있습니다. 그러나 영혈사가 있는 산길로 들어서면 도무지 어디에 땅이 있어서 곡식이 잘된다는 것일까, 어디에 햇볕이 잘 드는 땅이 있다는 걸까, 의구심이 듭니다. 하지만 이곳은 바람과 물과 추위의 피해를 모르고, 땅은 기름지지 않아도 모래가 섞인 땅으로 결실에 실패가 없답니다. 해마다 풍년이 들어 마을 이름이 그렇게 화일로 정해졌답니다.

영혈사로 가는 산등성이 길에서 왼편 저 아래로 깊은 골짜기가 보이는데, 아름답기 그지없는 농토가 눈에 들어옵니다. 산은 깊어 무수한 골의 이름이 있고 그

골들을 지나 혹시 잘못 왔나 싶을 때쯤, 영혈사가 나타납니다.

영혈사에 닿으면 우선 놀랍니다. 대웅전인 극락보전에 서서 앞산을 바라보면 수백 리가 뚫린 듯이 앞이 트였습니다. 신라시대의 원효대사는 요석공주와 결혼도 했다는데 그가 언제 이곳에 와서 영혈사를 지었을까요. 어떤 분은 영혈사의 건축 연도와 원효의 태어나고 떠난 해를 따져, 원효와 영혈사는 그저 상상의 관계라고 단언합니다.

하지만 그건 중요하지 않습니다. 이곳엔 영혈사가 있고, 깊고 그윽해서 하염없이 머물고 싶어지는 곳. 영험한 물도 마셔보고 극락보전 뒤에 우뚝우뚝 선 금강송을 바라보며 그 사이로 모습도 없이 다가왔다가 사라지고 또 다가오는 바람의 기운을 품어보는 것도 상상이 불가능한 기쁨.

저들마다의 속도로, 저들마다의 필요로 땅바닥을 기거나 줄달음을 치거나 휙휙 날아오르고 내려앉는, 모든 살아 있는 것을 지켜보세요. 어쩌면 그런 삶들이 지친 도시 사람들에겐 위로와 위안을 줄지 몰라요. 이곳에선 살아 숨쉬는 생명, 어느 것도 경쟁하지 않고 어느 것도 열패감에 시달리지 않으며 어느 것도 높낮이로 인식하지 않게 되니까요.

영혈사는 외세의 간섭과 침탈과 수탈의 뒤에 찾아온 민족 분단, 그리고 외세가 개입된 삼 년 전쟁, 그후의 숨은 전쟁 동안 스러진 목숨들의 '돌보지 않는 주검'을 거두고 있습니다. 그들의 영정과 위패를 모셔둔 곳. 영혈사에서 조금 머물면 이들의 슬픔과 허무가 느껴집니다.

22   진전사(陳田寺)는 2022년 복원이 되었습니다

진전사로 가려면 영혈사에서 내려와 강헌면으로 이어진 길을 따라가야 합니다. 얼마 전엔 영혈사에서 진전사로 넘어가는 길이 새로 닦였어요. 그러니 그 길로 갈 수도 있고 화일리 마을길로 내려와 물갑리에 이르는 길로 걷거나 차로 가면 됩니다.

　물갑리는 대청봉 아래에 있는 관모봉의 끝자락에 있는 농촌 마을입니다. 옛날에는 옥돌을 채광하던 굴도 있었고 석회를 파내던 골도 있었습니다. 물갑리의 마을을 지나면 큰 벌판이 나옵니다. 그 벌판은 진미버덩(長山坪)이라고 부릅니다. 큰 들판이라는 뜻입니다. 진미버덩에선 바다가 바라보입니다. 아직 봄 곡식이 나지 않던 때, 이곳 여러 마을의 가난한 농촌 아낙네들은 눈이 다 녹지 않은 밭에서 푸릇푸릇 자라는 냉이나 달래를 캤고 바다로 나가 여러 가지 바다풀을 뜯거나 파도에 밀려온 것들을 주워서 보릿고개를 넘겼습니다. 아직 그맘때를 기억하는 할머니들의 이야기를 듣노라면 가슴이 아립니다.

영광정 막국숫집을 지나 할미소가 있는 개울을 건너면 둔전리(屯田里). 진전사가 있는 곳은 둔전리입니다. 예전에 군인들이 주둔해서 군량에 필요한 농사를 짓고 양식을 저장해뒀던 곳. 동편엔 동해의 푸른 바다가 펼쳐졌고 북쪽은 설악산 권금성의 뒤편으로 보입니다. 높은 뒷담장인 셈이지요.

제가 어릴 때 큰이모가 그곳에 사셨어요. 진전사 터에 밭이 있었고 삼층석탑 근처에서 놀았습니다. 그 절터와 탑이 무엇인지 아무 관심도 없었어요. 아마 어른들도 그랬던 모양. 절터엔 깨진 그릇이나 기왓장, 커다란 다듬잇돌 같은 것들이 많아 농사짓기에 불편했을 것. 우리는 그릇 파편을 모아 소꿉놀이 도구로 썼고요. 하지만 나이가 들어 둔전리의 삼층석탑이 얼마나 귀한 문화재인지 알게 됐고 뒤늦게 우쭐해지기도 했습니다.

진전사는 통일신라의 승려 도의국사(道義國師)가 창
건한 사찰입니다. 도의는 신라 선덕왕 5년이던 784년
당나라에 가서 서당지장(西堂智藏)의 선법(禪法)을 이어
받고 821년 귀국하여 설법하였으나 사람들이 교종만
을 숭상하던 때여서 선법이 외면당했다고. 그후 도의
국사는 이곳에 들어와서 사십 년 동안 수도하고 입적
했다고 백과사전에 쓰여 있습니다.

사료에 따르면 진전사는 조선 초기에 폐사된 것으
로 추정합니다. 제가 어릴 때 이종사촌들과 맨발로 뛰
어놀고 한겨울에도 양지쪽에 쪼그리고 앉아 소꿉놀이
를 하던 그곳이 이리 귀중한 곳이라니요! 놀랍고 자랑
스럽습니다. 어른들 말에 의하면 절터에서 나온 화강
암은 어느 집 마당에서 축대로도 쓰이고 다듬잇돌이나
빨랫돌로도 쓰였답니다.

2022년 진전사는 복원이 되었습니다. 제가 뛰어놀
던 그곳에서 한참 위로 올라가 대청봉이 코앞에 보일
듯한 곳에 이르면 오른편 산기슭에 진전사가 나옵니
다. 적광보전(寂光寶殿) 앞에 서서 건너편 설악의 줄기
를 바라보세요. 이곳에서 자신의 선법이 외면받던 시

대에 대한 소외감과 그 쓸쓸함을 품고 대청봉을 오르 내렸을지도 모를 도의국사.

진전사를 복원하려고 이곳을 수없이 오갔을 오현 스님의 큰 불법도 이곳에 함께하겠죠. 천이백여 년의 시공간을 바람 한 점처럼 느꼈을 도의국사와 오현 큰 스님의 시간과 공간을 참배하는 것도, 그저 자기 자신 을 위해서일 것입니다.

23 양양은 몰라도 낙산사(洛山寺)는 알더라고요

영혈사와 진전사가 설악산 관모봉과 대청봉 자락에
자리잡아 숨어 있다면, 낙산사는 바닷가에 있습니다.
머나먼 경주 땅에서부터 한 발 걷고 한 번 절하는 일보
일배(一步一拜)로 양양에 들어선 원효대사와 의상대사,
윤필거사는 청곡리에 와서 헤어졌습니다. 청곡리는 고
을 원님이 지나갈 때도 설악산을 향해 절을 하고 갔다
하여 배일(拜一)이라고도 했습니다.

이곳은 지금의 7번 국도. 부산에서 고성까지 이어지
는 길입니다. 이 길의 청곡리에 이르러 원효, 의상, 윤
필 세 분은 헤어지기로 했습니다. 이곳에서부터 각기
원하는 곳을 찾아 사찰을 세우기로 한 것입니다. 원효
대사는 영혈사, 윤필거사는 오색의 오색석사, 의상은
조산을 지나 앞나루(前津)에 이르러 낙산사를 지었습

니다. 그곳엔 설악산 줄기의 하나가 바다로 달려나오다 멈춘 듯 자리한 산이 있습니다. 오봉산. 오봉산 앞뒤론 농사와 고기잡이를 하며 사는 마을이 있고 사람들은 앞나루, 뒷나루라고 불렀습니다. 오봉은 북으로 속초의 영랑호와 남으로 하조대에서도 바라보입니다.

옛날의 절들을 다녀보면 감탄이 절로 나옵니다. 어찌 이리 좋은 땅에 사찰을 세웠을까, 놀랍기만 합니다. 의상대사는 671년, 신라 문무왕 11년에 낙산사를 세웠습니다. 의상대사가 기도 정진해서 원통보전 자리를 깨닫게 된 전설, 의상대와 홍련암에 얽힌 이야기, 모두 다 잘 알려져 있습니다. 낙산사는 지금에 이르는 동안 여러 차례 불에 타고 전쟁의 어지러움에 고난을 당했습니다. 지금의 낙산사는 2005년 양양에 큰 화재가 났을 때 거의 탔던 것을 김정호의 그림에서 찾아내 거의 원형에 가깝도록 복원했다고 합니다.

저는 초등학교 1학년이던 일곱 살 때부터 고등학교를 졸업할 때까지 봄·가을 소풍을 낙산사로 왔습니다. 양양에서 걸으면 사 킬로미터 될까요? 더 멀 것 같긴 해요. 집에서 닭을 길러도 계란은 먹어볼 수 없었는데 이날은 도시락과 삶은 계란 두 알 정도를 보자기에 싸서 들고 낙산사로 걸어갔습니다. 그립고 정겨운 추억이 많은 낙산사.

오봉산에 우뚝 선 해수관음상에 가면 대청봉이 발 아래로 보입니다. 대청봉에서 밀려오는 바람까지 가슴에 품을 수 있는 곳입니다. 아주 친절하게 이어지는 길을 따라 낙산사와 의상대, 홍련암까지 한 바퀴 돌아 나오면서 '산다는 일'의 근본을 생각할 수도 있어요.

1966년, 제가 서울에 갔을 때 사람들은 양양을 몰라도 낙산사는 알더라고요. 고향이 어디냐고 물어, 양양이라고 하면 시들한 표정을 짓다가도 낙산사가 있는 곳이라고 하면 좀 알겠다는 표정이 되곤 했어요. 낙산사 덕으로 시골뜨기로서의 소외감을 덜었던 때도 있었답니다.

양양 읍내를 한눈에 바라볼 수 있는 곳입니다. 아름드리 벚꽃나무가 있고 삼일만세운동 기념탑이 있습니다. 지금은 제가 어린 날 보았던 모습과 많이 바뀌었어요. 제가 어릴 땐 원래 자연 그대로였다면 지금은 사람 중심으로 여러 시설이 들어섰고 오르고 내리는 나무 계단 길도 여럿이더라고요.

저는 현산공원에 올라가 소설가의 꿈을 이루겠다고 결심했습니다. 문학이 무엇인지 그 의미도 모르는 채, 왜 문학을 하려 하는지 스스로도 대답할 수 없었으면서 무턱대고 원고지에 글을 썼어요. 다른 이에게 말할 수 없고 말해도 이해받거나 공감될 것 같지 않아서. 그러나 나에겐 이야기하지 않으면 숨쉴 수 없는 절박감이 있어서 마구 썼습니다.

저에겐 이런 인연의 현산공원. 송강 정철이 강원도 관찰사로 일할 때, 관동팔경을 유람하면서 현산에 들렀다고 합니다. 현산공원에 오르면 남대천이 내려다보이고 남대천 건너편의 구탄봉도 가깝게 다가옵니다. 구탄봉의 서쪽엔 산림청에서 운영하는 자연휴양림 송이밸리가 있습니다. 소나무 군락 속에 들어선 숙박시설은 세속과 뚝 떨어진 듯, 그런 분위기를 자아냅니다.

송이마을에 묵는다면, 아니 천주교 신자라면, 아니 누구라도 괜찮습니다. 송이마을을 지나는 '순례의 길'도 걸어보길 추천합니다. 순례의 길은 풍수원성당에서 양양성당으로 부임한 제3대 양양 신부인 이광재 신부님의 순교를 기리는 길입니다. 1940년에 지금의 성당 자리인 성내리에 지어진 건물은 1951년 1·4후퇴 당시 불태워졌고 1954년 다시 지어졌습니다. 저는 이듬해인 1955년쯤부터 성당으로 놀러다녔습니다. 이맘 때 양양성당엔 미국인 토마스 셜리반 신부님이 4대 신부님으로 부임했습니다.

이광재 신부님은 원산 와우동 방공호 속에서 함께

피란길에 오른 신도들과 인민군에 의해 피살, 순교했습니다. 순례의 길은 아주 오래되어 소박하고 고적한 분위기를 자아내는 성당 뒷마당에서 시작해 현북의 명지리 산까지 걸어가는 길.

강원도 여러 고장의 성당은 물론 전국의 성당에서 모인 신자들이 흥겨운 농악대의 농악 소리에 맞춰 출발해 남대천 다리를 건너 송이밸리 입구까지 배웅을 받습니다. 처음 만나도 오래된 사이처럼 친숙함을 느끼게 되는 교우들. 양양성당의 교우들이 정성을 들여 만든 점심 식사를 마치고 즐거운 놀이도 하면서 한나절을 보내는 것도 행복감을 자아냅니다.

추억의 남대천 다리

남대천은 커다란 개울. 다리가 없을 땐 한 해에 여러 번 익사 사고가 나기도 했습니다. 이제 남대천 다리의 역사, 아니 남대천 다리의 삶을 떠올려볼까요?

지금 양양의 시장과 남대천을 가로막은 높은 둑을 넘어서면 아마 개울의 수면 위로 돋아놓은 둑가로 다듬어진 산책로와 자전거길을 걸을 수 있겠지요. 그 옆으론 어린이가 물놀이를 할 수 있는 작은 수영장, 놀이터 등 요즘 세대의 취향에 맞춰 여러 가지 시설이 잘 조성되어 있습니다. 개울에는 남대천 다리를 조금 비껴서 딛고 건널 수 있도록 널따란 돌을 놓아뒀습니다. 돌과 돌 사이로 흐르는 물, 그 물을 거슬러오르는 크고 작은 물고기들.

봄철에는 부른 배를 안고 바다에서 남대천으로 와서 자갈밭을 몸으로 밀어 알을 낳는 황어가 떼를 이루고 은어, 밀어, 꾸구리, 꾹저구, 둑중개, 송어, 연어가 가을에 이르기까지 연이어 올라옵니다. 저도 어릴 때 은어 낚시를 하는 아버지를 따라 남대천 자갈밭에 앉아서 졸다가 놀다가, 그랬던 기억이 납니다. 은어를 많이 잡으면 소금에 절였다가 제사상에 올리기도 했어요. 아버지는 물이 깊은 송어리 개울에 가서는 당신이 만든 작살로 물살을 치고 오르는 송어와 연어를 잡았습니다. 그 송어와 연어는 살이 예쁜 분홍색. 소금 간을 했다가 역시 제사에 올렸어요. 짭짤름한 송어 살을 발라 뜨거운 밥에 얹어 먹으면 정말 맛있었어요.

우리가 읍내에서 만나는 남대천의 고향은 세 군데. 설악산과 오대산을 잇는 태백산맥에서 발원해 본류(本流)와 지류(支流)로 나뉘어 흘러옵니다. 양양에서는 본류, 지류라는 표현 대신 본천과 후천이라고 합니다.

본천은 오대산 두로봉에서 발원하여 부연동, 법수치, 어성전을 거쳐 면옥치천과 어성전천이 합류해 남대천에 이르는데 그 길이가 오십사 킬로미터. 동해로 흘러드는 우리나라 하천 중에 가장 크고 깁니다.

후천은 그 길이가 약 삼십사 킬로미터에 이르는 물줄기로 구룡령에서 발원합니다. 그 물줄기가 점봉산 오색령에서 발원한 물과 송천에서 만나고 수상리에선 장승리에서 발원한 물줄기와 만납니다. 이 두 물줄기가 양양면의 임천리와 서문리에서 만나 아주 아름답고 웅장한 남대천을 만들지요. 우리는 이 물의 고향을 이미 다녀왔습니다.

지금의 양양군청 근처에 태평루라는 누각이 있었는데 지금은 그 흔적도 남아 있지 않습니다. 조선 중기에 영의정을 지낸 이경석이란 분이 양양 태평루 상량문에 이런 글을 썼습니다.

"관동도호 대관령 좌측의 요충지로 하늘은 설악산에 걸려 있으며, 상서로운 안개가 산등성이를 감싸고 있다. 육지는 푸른 바다와 인접해 있는 동해신묘(東海神廟) 제단의 향불이 높이 피어오른다. 시냇물은 굽이굽이 오대산에서 흘러오고, 섬들이 휘감고 있으며, 사면에 푸른 대나무가 빙 둘러 자라고 있다. 아마도 하늘과

땅의 청숙(淸淑)한 기운이 이곳을 감싸 지키고 있는 듯
하다."

지금 양양에서 그분들이 보고 듣고 경험한 남대천 다
리에 대해 말해주실 수 있는 어르신은 많이 안 계시지
만 그래도 제가 못 본 남대천 다리를 알고 싶었습니다.

그러니까 일제강점기 시절엔 나무다리가 놓였다고
합니다. 양양의 산에서 통나무를 잘라 잇대어 엮어서
바닥을 만들고 그 위에 나뭇가지와 짚과 흙을 덮어 다
리를 놓았다고요. 그땐 사람이 짐을 머리에 이고 등에
메고 지게에 지고 소달구지에 싣고 걷거나 끌고서 남
대천 다리를 오갔을 것입니다. 양양의 남쪽, 그러니까
손양면과 현북면, 현남면에 사는 양양 사람들이 관청
이나 장에 오려면 다리를 건너야 했을 테니까요.

이렇게 땀과 공력으로 만들어진 다리가 1950년 한
국전쟁 때 미군과 북한이 서로 폭파를 해서 무너졌다
고 합니다. 다리가 없을 때, 한여름 장마로 물이 불어나
고 물살이 세지면 익사 사고가 나는 일도 있었습니다.

민머리같이 드넓기만 하던 남대천에 새로운 다리, 그러니까 제 나이 또래의 추억이 가득 담긴 나무다리가 놓인 건 아직 전쟁이 끝나지 않은 1952년이었습니다. 그해 여름 양양에 주둔하고 있던 야전공병대 1101부대가 밤낮으로 공사를 해서 삼 개월 만에 완성했습니다. 다리 길이가 삼백 미터가 넘어, 당시로는 가장 긴 군사용 다리였습니다. 굵은 통나무를 네모로 깎아서 벌레도 먹지 말고 썩지도 말라고 방부제인 검은 콜타르를 칠한 나무다리. 기찻길의 침목(枕木)이었다고도 합니다.

　처음엔 멀리서도 그 냄새가 났습니다. 우리는 생전 맡아본 적이 없는 냄새였어요. 그 다리는 나무를 시옷자로 세운 받침목으로 난간까지 올라가게 되어 있었어요. 나무와 나무 사이엔 생전 본 적 없는 커다란 못인가 아니면 굵은 철사 줄로 엮었던가 그랬는데 우리는 만지면 손에 검은 콜타르가 묻고 끈적이는데다 물에는 잘 지워지지 않고 심지어 옷에도 묻는 그것을 아랑곳하지 않고 다람쥐들처럼 올라갔습니다. 시옷자로 이어진 받침목이어서 가능했어요. 나무가 거칠게 깎여 날카로운 나무 가시가 많이 붙어서 아주 조심히 나무를 잡고 맨발로 디뎌야 했습니다. 조금만 한눈팔면 손에 가시가 박히고 허벅지와 종아리에도 나무가시가 박히곤 했지만 아랑곳하지 않았지요. 그저 누가 먼저 다리 위에 올라가나, 내기를 했으니까요.

요즘도 그때의 동무들을 만나면 서로 깔깔대기부터 합니다.

"우리가 남대천에서……"
"그때 그 다리……"
"물에 젖은 빤쓰를 머리에 뒤집어쓰고……"

그랬어요. 천이 부족해서 빳빳한 광목으로 만들어 양쪽 다리에 검정 고무를 넣어 절대로 사타구니가 보이지 않도록 만들었던 팬티. 우리는 그 팬티를 입고 하루종일 남대천에서 목욕을 하다가 돌밭에 벗어놓은 치마를 입은 뒤 젖은 팬티는 모자처럼 머리에 뒤집어썼습니다. 그런 모습으로 줄을 지어 걸어서 다릿발로 기어올라갔습니다. 밑에서 올라오는 아이는 위에서 올라가는 아이의 사타구니가 보인다고 어쩌고저쩌고 깔깔대던 시절을 잊지 못하는 할머니 소녀들.

남대천 다리는 여름 한철 양양 사람들이 목욕을 하는 경계선이기도 했습니다. 남대천 다리 위로는 남자 목욕탕, 아래로는 여자 목욕탕. 한여름 더위에 저녁을 먹고 남대천으로 향하는 사람들은 거의 길을 메우다시피 했어요. 골목이며 개울 제방 위에는 어둠에 모든 사물이 지워지고 사람들의 이야기 소리가 커다란 웅덩이처럼 가득했습니다. 야유와 웃음소리, 손가락으로 아랫입술을 잡고 불어서 내는 휘파람 소리는 호기심과 짓궂음의 상징. 아직도 귓가에 남아 있는 소리입니다.

모두 가난하여 구호물자로 배를 채우고, 분단으로 헤어지고 전쟁으로 세상을 떠난 가족을 둔 양양 사람들. 더군다나 어렸던 우리는 정말 가난이 무엇인지 몰랐어요. 우리는 다 그랬으니까요. 더러 남대천 다리 밑엔 가난한 피란민들의 움막이 쳐진 적도 있었어요. 전쟁의 그늘, 전쟁의 흔적은 한동안 남대천에도 남아 있었습니다.

남대천의 샛강엔 거의 매일 빨래를 하는 어머니들이 있었어요. 빨랫돌에 빨래를 얹고 빨랫방망이로 두드리

는 소리가 메아리를 만들며 허공으로 치솟았죠. 겨울
이 지나면 겨울옷을 한 대야씩 이고, 빨래를 삶을 솥과
장작까지 이고 지고 나와 하루종일 빨래를 해서 새하
얀 돌밭에 널어놓으면 봄볕에 어찌나 잘 마르던지.

저는 어린 동생을 등에 업고 그애가 등에서 흘러내
리든 말든 그냥 개울물 속에 들어가 버들가지 사이로
춤추는 물고기를 잡아보겠다고 첨벙거리다가 어머니
한테 욕이란 욕은 다 먹고, 그랬답니다.

이 추억의 남대천 다리가 현대식 철골 콘크리트 다
리가 되고, 또 더 좋은 공법과 아름다움을 갖춘 다리로
바뀌면서 세월이 흐릅니다. 하류 쪽으로 두 개가 더 생
겨 지금 하류의 남대천 다리는 모두 세 개. 물론 상류
쪽에도 생겼습니다.

비가 많이 내리면 둑이 터져 양양 읍내가 물에 잠기
던 그 제방은 이제 튼튼하기 그지없습니다. 장날이면
아주 많은 차가 둑 아래 주차장에 넘칩니다. 넓고도 많
은 주차장도 모자라 길가에 세우고 빈틈마다 찾아다니
며 차를 세웁니다.

그 옛날, 1950년대엔 상상도 못하던 풍경. 자동차 냄새를 맡고 좋아서 우쭐대며 달리는 자동차 뒤를 쫓아가고, 그래서 장래 희망에도 운전사가 된다거나 차장이 된다는 소년 소녀가 꽤 됐지요. 요즘으로 비유하자면 비행기 조종사나 승무원 정도랄까요?

　가장 나중에 세워진 다리는 낙산대교. 서문리에서 이어지던 둑방길은 양양 읍내와 시장을 감싸고 남대천 강가에 조성한 여러 가지 운동시설, 다채로운 설치물들, 정원 등을 지나 아름답기 그지없는 벚꽃길로 이어지다 낙산대교에 이릅니다. 낙산대교는 양양공항과 양양의 해안선인 해파랑길 44로 이어지는 다리입니다. 이 길을 걸어 조산과 낙산사, 그리고 물치항으로 이어지는 해파랑길을 걷거나 자전거를 타고 바람을 가르는 경험을 해보시기 바랍니다. 어디서든 설악산이 바라보이고 대청봉도 반길 것입니다. 늦가을부터 늦봄까지 허연 눈이 덮여 있는 대청봉.

　송암리에 새로 지어진 양양터미널에 내리면, 건널목에 서서 고개를 들었을 때 마주 바라보이는 산, 대청봉입니다. 송암리는 원래 동해북부선 기차역인 '양양역'이 있던 곳입니다. 1970년대까지 그 기찻길의 흔적이 남아 있었습니다.

양양의 오일장은 너무도 유명합니다. 새삼스럽긴 하지만 갑자기 장(場)은 무엇일까, 잘 안다고 생각하는 것의 의미를 사전에서 확인하기로 했습니다. 사전에선 장을 마당. 또는 신을 모시는 곳이라고 의미를 정해두 었네요. 잠깐 생각해보니 참 그럴듯했습니다. 그러니 까 장은 사람들이 모이는 곳입니다.

사람을 모여들게 하는 장마당. 사람이 모여서 넘치 는 것, 부족한 것을 서로 바꾸거나 사고파는 것입니다. 이렇듯 물건만 주고받는 것이 아니라 여기저기 각처에 서 모인 사람들은 '소식(消息)'을 주고받습니다. 이것은 아주 중요한 소통. 요즘 우리가 들고 다니는 전자기기 의 인간적 총체(總體)라고나 할까요? 손에 딱 들어오는 스마트폰, 작은 노트북 등등. 그러니까 예전에는 기계로 하지 않고 사람이 직접 한 것이지요. 이야기를 전하고 이야기를 듣고 그것을 다른 이에게 또 퍼뜨리고. 땅이 낮은 벌판에서 수확한 곡식과 산등성이에서 재배한 것들을 서로 바꾸고 사고파는 곳.

뿐만 아니라 산에서 벌판으로 시집을 갔거나 반대로 들에서 산으로 시집간 조카 등의 소식을 전해 듣고, 당숙 아무개의 병이 심각하다거나 아무개네 아들과 누구네 딸을 중신 선다거나 누구네에 상(喪)이 났다거나, 어느 집은 시어머니 며느리 갈등이 심하고 어느 집은 이번에도 아들을 낳지 못해 딸만 일곱이 됐다는 등, 알리고 알고 싶은 이야기, 소식들은 끝이 없었습니다.

양양의 장마당은 남문리 일대. 넓은 터엔 곡물을 파는 싸전이 있고, 고추를 빻고 기름을 짜고 파는 방앗간, 생선을 사고파는 어물전, 고기를 사고팔고 직물을 사고팔며 약초를 사고파는 곳들이 다 따로 구분지어 있었습니다. 소를 사고파는 우전, 송아지를 사고팔거나 농사지을 때 필요한 힘이 센 수소를 사고팔며 서울로 유학을 간 아들을 위해 잘 기른 암소를 파는 아버지도 우전에 있었을 것입니다. 돼지와 강아지를 사고파는

곳도 여기에 있었습니다. 초겨울엔 엿과 과질을 사고팔
았지요.

　사람이 살면서 필요한 것을 사려면 시장에 가야 했
습니다. 대장간에서 칼과 호미와 도끼와 쇠스랑과 삽
과 낫을 새로 구하고 이가 빠진 것을 다시 다듬기도 했
습니다. 대장간은 아직도 양양 시장 한곳에 있습니다.
장군들이 밥을 먹을 수 있는 조촐한 식당 거리도 있어
서 소기름이 고춧가루를 입고 국물에 둥둥 뜨는 육개
장이나 국밥 한 그릇이면 여자는 대만족, 남자 어른들
은 여기에 막걸리 한 사발. 서로 돈을 내려고 승강이하
는 풍경은 그 예전의 인정이었습니다.

　우리는 이미 구룡령 옛길을 돌아보면서 그 먼 곳에
서부터 팔 것들을 이고 진 채 고개를 넘고 가파른 내리
막을 걸어내려와 별을 보고 돌아가는 사람들의 삶을
느낄 수 있었습니다.

　양양장은 닷새 장. 매월 4일과 9일 날짜로 돌아옵
니다. 이런 양양의 장날은 언제부터 시작되었을까요?
기록으로 알아보면 조선 영조 46년, 1770년 무렵부터

라고 합니다. 영조대왕의 뜻에 따라 홍봉한 등이 펴낸
『동국문헌비고』가 그 근거입니다.

　조선시대 후반기 양양 지역에는 시장이 다섯 군데
에 열렸습니다. 그러기만 했을까요? 사람들이 모여 사
는 곳에서 벌어지는 모든 일엔 교류와 소통이 생기는
법. 그 소통과 교류의 마당은 처음엔 한 골짜기에서,
그리고 한 벌판에서 시작했을 것입니다. 마을엔 이상
하게도 사람살이에 필요한 기능을 가진 사람들이 고루
있습니다. 누구는 손재주가 좋아 나무로 그릇을 파고
누구는 짚이나 갈대나 싸리, 혹은 조릿대로 여러 가지
생활용품을 짜고 엮었습니다. 누구는 음식 솜씨가 좋
고 누구는 쟁기질에 뛰어난 실력이 있고 누구는 그림
을 잘 그리고 누구는 글을 잘 읽었습니다. 누구는 하늘
의 생각, 땅의 마음을 느끼고 헤아릴 줄 알아 한 해의
농사에 미치는 자연현상을 미리 짐작해냈습니다. 결국
이들이 골짜기와 골짜기, 벌판과 벌판에서 모여 마을
과 읍내와 하나의 고장을 이루고 시장을 필요로 했을
것입니다. 무식한 저의 상상이긴 합니다.

　이런 상상을 하면서 양양 시장을 구경해보세요. 예

전, 그러니까 반세기도 더 지난 때, 제가 아직 어릴 때 어머니는 장날이면 친척 누가 어찌되었다, 저리되었다는 등의 소식을 밥상머리에서 이야기했습니다. 장날 들은 소식이었지요. 영(嶺) 너머라고 하는 곳은 양양에서 아주 먼 곳입니다. 태백산맥의 서쪽이니까요. 그런 곳으로 시집간 아무개의 소식은 다 시장에서 알려지곤 했습니다. 저절로 생긴, 아니 필연적으로 생기는 이런 시장의 기능을 보면 세상의 모든 독재자가 왜 사람들을 모이지 못하게 했는지 이해가 됩니다.

1919년 3월, 우리나라 전체의 하늘과 땅을 울린 피맺힌 '대한 독립 만세'의 함성도 시장에서 이뤄졌습니다. 양양의 만세운동은 참가 인원과 격렬함에서, 강원도에서는 물론 전국에서도 손꼽히는 치열한 항일 독립운동이었습니다. 일제의 기록에 의하면 1919년 4월 3일부터 9일까지 일주일 동안 군내 7개 면 132개 리 중 6개 면 82개 리에서 사천육백여 명이 참가하였다고 합니다. 그러나 실제 참가자는 일만오천 명 이상으로 추정됩니다. 일제의 총칼에 목숨을 잃은 열두 명의 열사를 비롯해, 체포 인원 백사십이 명, 옥살이를 한 사람은 칠십삼 명입니다.

양양군의 만세운동의 주역으로는 1919년 3월 고종의 장례식에 다녀온 이석범과 이에 부응한 이교완, 추인식, 개성의 호수돈여학교 재학생이던 조화벽 등이 손꼽히지만, 독립 의지를 보여준 전 군민의 대중 투쟁이라는 특징을 가지고 있습니다.

특히 양양감리교회 전도사의 딸로 개성의 호수돈여학교에 재학중이던 조화벽은 휴교령이 내리자 버선목을 뜯어 그 사이에 손으로 베껴 쓴 '독립선언문'을 숨겨 양양으로 돌아옵니다. 개성에서 원산을 거쳐 대포항에 내린 그는 삼엄한 경계를 뚫고 양양에 돌아와 젊은 청년들을 만나고, 청년들은 어둠을 타 성내리 성문 밖의 둔덕 밭가에 세워진 상엿집에서 등사기를 밀어 독립선언문을 복사해서 퍼뜨립니다. 그리고 4월 3일에서 9일까지 남으로는 만세고개를 넘고, 북으로는 낙산과 조산을 지나고, 서쪽으로는 상평 쪽으로 밀려들어와 만세를 외쳤습니다. 미리 준비한 독립선언서와 격문과 징과 북과 나발과 꽹과리로 하늘을 울리고 땅을 흔들며 장터로 몰려나왔습니다.

시장, 장마당은 이렇게 군중을 모이게 하는 곳, 그래서 신(神)이 깃드는 곳이란 의미를 담고 있지 않을까 생각해봅니다. 사람들의 염원을 한군데 모아 하늘과 땅에 전하고 싶을 때, 장에서 그렇게 했을 테니까요. 저는 요즘도 장날에 맞춰 양양에 갑니다. 양양에서 서울로 돌아오는 날을 장날로 잡곤 합니다. 그래야 장마당에서 이것저것을 사 어깨가 빠지게 메고 돌아올 테니까요.

양양에 있다면, 이른 아침에 일어나 장터를 바라보세요. 이른 새벽 사방에서 모여든 장꾼들이 골목마다 알록달록한 천막을 쳐서 잔칫날 같습니다. 큰 도매상으로, 장마다 다니는 큰손 장꾼들은 물건을 트럭으로 실어오고, 마을에선 장꾼이 여럿 어울려 승용차에 나눠 타거나 트랙터에 짐을 싣고 옵니다. 가까운 곳에서는 첫번째 시내버스로 오고 집에 오토바이가 있는 사람은 오토바이에 물건을 싣고 옵니다.

이른 아침엔 먼저 와 목이 좋은 자리를 잡으려는 사방에서 온 장꾼들로 아주 분주합니다. 하지만 대개 장소가 정해져 있어요. 늘 그곳에 가면 그곳에 있던 장꾼들을 만나게 되지요. 그래서 단골이 되고 단골을 기다리고 단골을 반기곤 합니다. 저는 처음엔 알지 못했는데 이젠 누가 시골 자기 밭에서 기른 채소를 가져와 파는지, 누가 자기집 주위의 과일나무에서 딴 과일을 팔러 왔는지 조금 압니다. 누가 진짜 산에 가서 나물을 뜯어와 팔고 있는지, 그런 것도 알아요.

경험은 공부의 신. 아는 만큼 보이는 것. 저는 사탕이나 과자를 들고 가서 하루종일 손님을 기다릴 아주머니, 할머니들에게 나눠드립니다. 심심하실 때 드시라고. 아주 기뻐하셔요. 그 기쁨의 백 배만큼 제가 더 기뻐서 일부러 사탕을 모아둡니다.

양양 장날엔 장마당이 넘쳐서 남대천 둑방을 지나 남대천 가의 광장까지 가득찹니다. 그 분주하고 활기가 넘치는 장판을 돌아다니다보면 몸에서 춤이 저절로 추어집니다. 이상하게 힘이 납니다. 우울하다면 양양 장날을 좋아해보셔요. 삶에서 생긴 병은 삶에서 치료가 된다는 말이 있습니다. 치료할 수 없는 병은 생기지 않는다는 말도 있고요. 말속의 의미를 곱씹어보세요.

볕이 환장하게 좋은 장날 바닥을
딱히 할 일도 없이 서성대는 건
전생에 행여 아내였을 아낙네와
혹시나 아버지였을 시골 노인과
어쩜 목숨까지 바꾸었을 친구가
곡절의 인연으로 옷깃을 스치며
오가는 인파 속에 있기 때문이겠지
전생의 기억은 까마득히 잊었지만
먹먹한 그리움의 가슴 안고 찾는 곳
왁자한 장날 어지러운 발걸음만큼
그 속엔 절실한 인생들이 스쳐간다
각기 다른 모양과 색깔의 잡화처럼
인생은 참으로 기구하기도 하거니와
시끌벅적한 장날을 찾는 진짜 이유는
전생의 어떠어떠한 관계였을 인연을
우연의 핑계로 만나 탁배기
한 잔으로도 쉽게 흉금을
털어놓고 싶기 때문이리라

　　　　　　　—최종한, 「양양 장날에」 전문

모노골에 '기도나무'를 정해놓았습니다

양양에선 언제부터 사람들이 살았을까요? 연구자들의 기록에 의하면 대략 칠십만 년 전에서 이십만 년 전부터 사람들이 이곳에 살았을 것이라고 추정합니다. 우리는 세계 문명사에서 중국의 황하문명, 이집트의 나일강 문명…… 등등처럼 문명이 강을 따라 발전했다고 합니다. 그것처럼 양양은 남대천을 따라 발전했습니다.

양양은 남대천을 남쪽에 두고 성을 쌓았습니다. 남은 남대천, 동은 드넓은 바다로 성을 쌓은 셈이니 서대문, 남대문, 북대문만 있으면 되었겠지요. 그래서 양양 읍내의 동네 이름엔 남문리, 서문리, 성내리 같은 것이 있습니다. 지금도 군행리와 성내리 뒤의 언덕바지에 흙으로 된 토성의 흔적이 남아 있답니다.

지금은 그 둔덕 위에도 아파트나 주택이 들어서고 새로운 찻길이 뻥뻥 뚫려서, 제가 어릴 때 냉이와 달래를 캐고 찔레순을 꺾어 먹고 오다나 산딸기를 따먹던 둔덕 산은 사라졌습니다. 북문 너머의 상엿집도, 상엿집에서 바라보이던 청곡리의 공동묘지나 건너편 산기슭의 논과 밭도 없어졌습니다. 상엿집과 공동묘지로 이어진 둑, 일제가 장승리에서 우리나라 최고의 품질 좋은 자철광을 빼가기 쉽도록 만든 기찻길도 이젠 상상이 불가능합니다. 기찻길 가의 동네 내곡리, 어느 날 소년들이 기찻길 선로에 귀를 대고 멀리서 오는 기차 바퀴 소리를 듣다가 선로 위에 돌멩이를 올려놓았는데 그것 때문에 기차가 탈선했답니다. 이 일이 지역의 독립운동가들이 한 일이라고 핑계 삼은 일경(日警)이 여러 사람을 붙잡아갔다고 합니다. 양양철광산은 일제가 1937년에 개광한 철광산입니다. 양양엔 인류가 철을 이용하기 시작하던 무렵부터의 흔적이 여러 곳에 남아 있습니다.

　혹시 양양에서 일주일이나 한 달 살기를 한다면 양양의 안과 밖을 두루 돌아보면서 역사라고 말하는 시간을 느껴보세요. 지금, 바로 이 시간을 역사의 시간으로 느껴보는 즐거움이나 기쁨은 또다른 풍성함을 줄지 몰라요. 자기 자신을 풍성하게 하는 일은 스스로에게만 가능한 일. 아무도 내가 아니며 내가 되어줄 순 없으니까요. 그래서 저는 이런 일들을 '경험의 저축'이라고 이름짓습니다.

소나무가 자기 생긴 대로 자라는 곳. 그 사이로 높지 않은 산등성이에, 사람들의 생각으로 치장되지 않은 숲길이 있는 곳, 모노골입니다. 모노골은 내곡리에 있습니다. 내곡리는 양양에서도 아주 오래된 마을입니다. 서기 918년에 시작된 고려를 떠올려보면 천년이 넘은 마을입니다. 모노골 서남쪽에는 향교가 있습니다. 향교는 지금 양양초등학교가 있는 마을, 구교리에 있었습니다. 고려 충혜왕 때 세워졌습니다. 이후 조선 숙종왕 때인 1682년에 양양부사 최상익이 지금의 위치에 세웠습니다. 오래전에 학교가 있었던 자리라는 걸 알고 향교를 옮겨 지은 것이었어요. 오래된 국보급의 책들이 있었지만 한국전쟁 때 건물과 함께 불에 타 없어졌습니다. 지금의 건물은 전쟁 후에 지어진 것입니다.

이곳에서 예전의 학교생활을 상상하고 향교의 기능도 알아보며 건물을 둘러본 뒤엔 그 옆으로 난 길을 따라 모노골로 올라갈 수 있습니다. 웃자란 풀들에선 풀향기가 나고, 제 뜻대로 핀 꽃들에겐 벌과 나비들이 날아들고, 가을이면 마른 풀숲에서 메뚜기들이 톡톡 튀어나오고, 갑자기 알밤이 발아래로 떨어져 구르는 길.

　이 길 반대편에서 올라갈 수도 있습니다. 모노골을 오르고 내리는 길은 아주 여럿. 시간이 되고 모노골의 맛을 더 깊이 제대로 느껴보고 싶으시다면, 양양종합운동장과 아파트 사이에 난 청곡리 길로 가서 왼편으로 접어들면 곧 오른편으로 언덕길이 나타납니다. 길에서 잘 보이지 않지만 길가에는 등산을 마친 분들의 운동화나 등산화에 묻은 먼지를 털라고 설치한 기계가 있습니다. 곧장 언덕이긴 하지만 사시사철 다른 모습으로 생기를 품고 있습니다. 그 길을 따라서 몇 군데의 오르막과 내리막을 지나 모노골 샘터에 이를 것. 그곳에서 목을 축이고 운동기구로 운동을 하거나 등나무 그늘에서 숨을 고르거나 간식을 먹거나 한 뒤에, 시간이 없다면 그냥 포장길로 돌아갈 수 있고 모노골 숲길을 모두 가보고 싶다면 다시 반대편 나무 층계를 오르면 됩니다.

저는 이곳 모노골에 '기도나무'를 정해놓았습니다.
오랜 시간을 품은 듯 보이는 소나무 몇 그루 앞에서 마
음을 모아 저의 간절함을 속으로 전해보는 것입니다.
일 분도 채 안 될 시간에 저의 간절함이 소나무의 시간
에 전해졌으리라 믿는 것이죠. 사소하지만 저 자신을
위로하는 방법. 힘들고 외롭고 두렵게 살아낸 세월과
또 다가올 시간들에 대한 불안과 기대를 간절함으로
확인하는 것. 자신을 사랑하는 한 가지 방법이라고나
할까요? 모노골에선 느릿느릿 걸을수록 좋습니다. 그
래야 욕망이나 욕심이 빠져나갈 테니까요.

모노골과 마주보는 곳, 남대천 다리를 건너 오른편
으로 가면 구탄봉이 나옵니다. 구탄봉을 걸어보고 그
사이에 송이밸리도 구경하세요. 송이밸리는 산림청에
서 운영하는 자연휴양림 숙소입니다.

양양초등학교 네거리. 오른편으론 군청, 군청에서
내려오면 농협은행과 성내리 입구와 성당이 보입니
다. 성당 주차장과 학교 담장 사이. 그 앞길은 시장으
로 나 있습니다. 시장 쪽 길가엔 새로 생긴 건물이나
가게와 음식점들이 있지만 아주 오래된, 그러니까 전
쟁 후에 지어진 낡은 집들도 남아 있습니다. 그런 집들
중에 길가에서 만나게 되는 음식점. 급히 걸으면 놓치
게 되는 집.

단양면옥. 가자미회무침을 얹은 함흥비빔냉면과 메
밀막국수, 수육이라고 부르는 돼지편육. 지금 이 글을
쓰는데 입에서 침이 고입니다. 제가 어릴 땐 이곳에서
냉면 한 그릇 먹어보면 큰 행운. 한 가지 일에만 최선
을 다하며 살아가는 사람들의 표정에 나타나는 정직과

성실, 그리고 근면과 순수의 느낌이 가득하던 아저씨의 얼굴이 떠오릅니다. 저는 단양면옥의 김치들을 좋아합니다. 배추가 금치라고도 할 때도 양양에서 난 재료들로 버무리고 익힌 김치와 하얀 무생채, 가자미회무침, 파란 열무김치들.

음식은 취향에 따라 좋아하고 싫어하는 게 갈립니다. 양양에도 유명한 막국숫집이 아주 많아요. 둔전리 개울가 둔덕에 자리한 물갑리 영광정막국수. 삼대째 이어지는 막국숫집입니다.

은어튀김이나 남대천에서 잡힌 민물고기로 만든 매운탕인 뚜거리탕. 남대천 건너편 월리에도 있고 시장 근처에도 있습니다. 제가 잘 가는 집은 '남문 뚜거리'. 뚜거리탕과 은어튀김을 잘 먹습니다.

요즘은 섭국이 유명하지요. 양양 사람들이 섭이라고 부르는 홍합. 술을 많이 마신 날 아침, 해장 술국으로 좋다고 합니다. 양양 남대천의 은어는 제가 어릴 때 제사상에 놓였습니다. 짭조름하게 절였다가 쪄서 목기에 높다랗게 고여놓은 은어는 명태찜과 함께 양양의 명절 음식. 물론 문어도 빼놓을 수 없습니다. 양양 사람이 큰일을 치른다고 하면 당연히 상에 문어가 오를 것이라고 기대합니다.

기나긴 해안선을 따라 오래전부터 있어온 어촌의 횟집들. 맛있는 집이 많으니 취향에 맞춰보면 좋을 것. 저는 수산항 해녀횟집과 남애항의 성도횟집, 어부횟집, 그리고 생선구이를 맛있게 하고 양양의 깡된장을 먹을 수 있는 제일식당, 어릴 때 뜨거운 밥에 비벼먹던 된장 맛이 그리워 그곳에 갑니다.

시장에는 밑반찬이 맛있는 '양양집'이라는 식당이 있습니다. 공중화장실 바로 옆집, 어시장 골목으로 들어가면 됩니다. 양양집에선 철에 맞는 생선으로 맑은 탕이나 조림을 해줍니다. 겨울에는 물곰탕, 도치라고 부르는 심퉁이탕, 도루묵찜, 양미리구이 등. 김치찌개도 하지만 소머리국밥도 좋습니다.

줄을 서서 기다리는 송이닭강정도 맛있더라고요. 요즘 중국인이 하는 양꼬치집도 있습니다. 새롭게 생긴 '양고기 연구소'. 간판도 재미있고 실내 장식도 세

련돼 보입니다. 양꼬치와 양갈비가 맛있다고, 소문이
났습니다.

　여행은 무어니 해도 우선 사람이 좋아야 하고 그다
음은 먹는 것, 마지막이 구경! 금강산도 식후경이란 말
은 누구도 부정하기 어려운 본능 같아요. 웬만한 식당
에선 빠지지 않는 가자미식해, 창란젓갈. 지금은 좀 달
라졌지만 예전엔 동해안에서 명태가 많이 났습니다.
아가미는 깍두기를 담고 창자로는 창란젓을 담고 알은
명란젓으로. 물론 몸통으론 국을 끓이고, 적당히 말려
코다리찜, 바짝 말려서는 북어와 북어포로. 정말 대단
한 명태입니다. 봄철의 산나물과 더불어 양양의 상징
같아요. 물론 최고의 송이를 빼놓을 수가 없습니다. 송
이칼국수, 송이밥도 있고 젤리나 과자, 송이술도 있습
니다.

　제가 어릴 때, 송이가 일본으로 수출되지 않을 때,
저희 집에선 송이로 장아찌를 담궜습니다. 그 맛이라
니! 퍼드러진 송이 갓을 아궁이 숯불에 석쇠를 올려서
굽던 풍경. 왕소금과 들기름을 뿌려서 구우면, 그 곁에
서 손가락 빨던 어린 날의 제 모습이 새삼 그립습니다.

29

잔교리 509번지 김순희네 집은
부엌은 북한, 방은 남한이었습니다

양양군에 살고 있던 사람들. 1945년 8월에 일본 식민 통치로부터 해방될 것이라고, 미리 알았던 사람이 얼마나 되었을까요. 양양의 조산 출신인 경성제대 법학과의 천재라고 알려졌던 최용달. 그는 그해 봄 어느 날, 일본 형사의 감시를 피해 아주 잠깐 고향 조산에 들렸답니다. 그는 집안사람들에게 일본이 망하고 조선이 해방될 터이니 해방 후의 일을 미리 준비하라고 은밀히 이르고 떠났다고 합니다.

그런 최용달도 고향땅의 허리쯤에 금(禁)이 그어질 것으론 예측하지 못했던 것 같습니다. 양양 사람들이 8월 15일 해방의 소식을 듣고 사방에서 대한 독립 만세를 외쳐 부를 때도 '삼팔선'은 상상하지 못했던 것 같습니다. 우리의 땅에 그런 금을 그어 남과 북을 갈라놓은 건 우리가 한 것이 아니기 때문에 그렇습니다. 그 당시의 자세한 역사적 내용은 자료들을 찾아서 새삼 이해해보는 것도 좋을 것입니다. 삼팔선은 특히 양양군의 한가운데를 가로지르는 선이 됐는데 동해에서 태백산맥 동편까지의 양양 땅으로 그 길을 따라가볼까요?

맨 처음, 동쪽. 지경리에서 해파랑길을 따라 바다를 바라보며 오다가 보면 기사문리에 들어서게 됩니다. 산등성이를 잘라낸 국도는 언덕이 졌고, 언덕 덕분에 기사문리의 해변이 바라보입니다. 기사문리 언덕에서 내려오면 곧 유명한 '38휴게소'. 동해안은 오래도록 가시철망으로 담이 쳐졌는데 남북 관계의 변화에 맞춰 철책이 한 군데씩 없어졌어요. 철책이 사라지며 아름다운 동해안이 오롯이 그곳을 사랑하고 좋아하고 그 해안에서 생활하는 사람들의 것이 되었습니다.

기사문리에는 삼팔교가 있습니다. 서쪽 산에서부터 흘러서 동해안으로 오는 개울의 다리입니다. 이 개울물은 서쪽의 대치리나 명지리 쪽의 산에서 내려오는 것. 그 개울 위로 여러 개의 다리가 놓였다고 붙인 마을 이름 잔교리. 다리 상판에 판자를 올려놓았다는 뜻이라나요? 다리가 여러 개 놓인 개울의 한곳에 서서 남쪽과 북쪽을 바라보면 바로 손이 닿을 듯한 거리에 산이 있습니다.

지금은 남쪽 산 아래에 '쟁기동 38평화마을'이 만들어졌습니다. 기념품도 팔고 안내도 하고 숙식이 가능한 건물도 있습니다. 이곳에 머물며 잔교리해변이나 기사문리해변에 가서 서핑과 해수욕을 즐길 수 있어요. 그리고 그 마당에 서서 사방을 둘러보세요. 저는 기분이 아주 묘했던 기억이 있어요. 한 마을에서 대대손손 살던 사람들. 기쁘거나 슬픈 일이 있으면 함께 기뻐하고 슬퍼하며 마음과 힘을 모아 돕고 살던 사람들이 자신들도 모르게 서로 미워하고 경계해야 하는 처지가 됐으니까요. 그렇게 하지 않으면 혹시 우리와 다른 편인가? 의심을 사고 의심 뒤엔 혹독한 일이 숨어 있었으니까요.

삼팔선은 한 집의 가운데를 지나가기도 했습니다. 이때 잔교리 509번지 김순희네 집은 부엌은 북한, 방은 남한이었습니다. 잔교리 사람들은 북쪽 산을 넘어 상광정리 넓은 버덩에 땅을 가지고 있는 사람이 많았

습니다. 상광정리는 북한. 처음엔 남한 사람이라도 상
광정리에 가서 농사를 짓게 했답니다. 아침에 산길을
넘어 상광정리에 가서 농사를 짓고 반드시 해가 지기
전에 산을 넘고 다리를 건너 남쪽으로 돌아와야 했다
지요.

이런 여러 사정을 듣고 잔교리의 다리를 몇 개 건너
보고 이리저리 난 집과 집 사이의 골목길도 다녀보면
서 살아 있는 우리나라의 분단 비극을 경험하는 것도
좋을 것 같아요.

잔교리에서 서쪽으로 올라가는 길. 아주 야트막하
게 비탈이 진 흙길을 느릿느릿 걸으며 얼굴이나 팔다
리의 살에 닿는 바람결도 느끼고, 산비탈 밭가로 나타
나는 작은 골짜기의 벼랑과 바위와 물을 보면서 남한
군과 북한군이 서로 죽이고 죽으며 오갔을 그 두렵고
도 서러웠을 시절도 떠올려봐요. 경험하지 않은 것은,
진실에 가닿기가 어렵긴 해요. 그래도 우리의 남북 분
단 문제는 평화적으로 해결되기 전까지 여전히 아직
살아 있는, 휴화산(休火山) 같은 역사니까요.

북동쪽 길로 들어서면 상광정과 하광정, 요즘 서핑의 성지가 된 하조대해변. 드넓게 펼쳐진 바다가 나옵니다. 곧장 서쪽으로, 서쪽으로 올라가다보면 대치리(大峙里). 대치리는 이름처럼 높고 험준한 고개로 둘러싸인 마을입니다. 동쪽으로는 상광정에 이르는 임재, 서쪽으로는 회묵재, 남쪽으로는 현남면 직시리로 가는 직시재, 북쪽으로는 귀골재. 이렇게 높은 언덕을 넘나들어야 하는 곳이어서 대치리라고 부른답니다. 대치리에는 높은 만월산(滿月山)도 있습니다. 이름만 들어도, 마음으로만 가만히 불러보아도 배가 부른 산, 대치리의 으뜸 산입니다.

30

무슨 파(派), 무슨 파가 좋다고 해도
난 움파가 젤 맛있더라

양양에는 삼팔선 숨길 코스가 세 곳.

양양성당에서 송이밸리자연휴양림을 지나 부소치리와 명지리에 이르는 구간이 1코스.

2코스는 기사문리 38휴게소에서 잔교리를 지나 대치리와 명지리를 거쳐 선면 내현리에 이르는 길입니다.

그다음이 서면의 서림리에서 정족산을 지나 서면 내현리까지 가는 길입니다. 정족산은 육산이라 걷기가 편합니다. 그래도 산은 산.

걷는 것의 이로움은 말로 다 할 수 없습니다. 때 묻지 않는 듯한 붉은 흙을 자분자분 밟다보면 오해와 경쟁과 열패감 따위들이 켜로 쌓이게 마련인 속세로부터, 마음이 저절로 슬그머니 달라집니다. 낯설던 나무들, 풀들, 그 사이에 사는 여러 가지 생명들. 고물거리는 벌레나 장난치듯 폴짝 나타나는 메뚜기, 지저귀는 새들. 이리저리 휘휘 부는 바람이 닿는 곳에서 서로 알아보는 온갖 소리들. 마치 이런 숲의 생명들이 정신의 때를 벗겨내고 새로운 마음의 살갗을 주는 것 같아요. 일상에서 마주치지 못한 생명들과 일체가 되는 경험은 신비할 정도입니다. 저는 늘 그런 경험을 하는데 여러분은 어떠실까요?

그리고 우리에게 아무렇지 않는 숲길. 사실은 한 세기가 지나지 않은 우리 역사의 상처가 묻혀 있다고 생각해보세요. 그저 농사짓고 살던 양양 사람들. 갑자기 땅에 금이 그어져 철조망이 둘러쳐지고 한쪽엔 소련군이 다른 쪽엔 미군이 와서 지켜본다고 하면 어떨까요?

그 경계를 사람은 다닐 수 없습니다. 새나 짐승이나 벌레는 다닐 수 있어도 사람은 다닐 수 없어요. 형님댁은 소련군이 지키는 땅에, 시집간 딸은 미군이 지키는 땅에, 부모님은 북쪽에, 공부하러 서울로 간 아들은 남쪽에……

저희 집안의 큰할머니는 백일도 지나지 않은 외동
아들을 업고 삼팔선을 넘었답니다. 이미 큰할아버지
가 한밤중에 삼팔선을 넘어 서울로 갔기 때문이었죠.
북한에서는 반동분자네 집으로 낙인이 찍혀 감시받으
며 살아야 했답니다. 할머니는 그때 종이가 귀해서 북
한 공산당에서 교육용으로 내준 문서들을 짐에 쌌대
요. 아기가 똥을 싸면 닦아주려고요. 거의 문맹이나 다
름없었을 할머니.

한밤에 북한 쪽 경비초소는 잘 피했는데 곧장 남한
쪽 초소에서 군인들에게 체포됐답니다. 짐을 조사하
던 군인들이 북한 문건들을 보고 '간첩'이라고, 자백을
받으려 모진 고문을 했대요. 아무리 사실을 말해도 인
정하지 않았다네요. 무릎을 꿇리고 허벅지를 때렸는
데 어찌나 피를 흘렸는지 다음날 무릎을 펼 수 없었다
고 해요. 결국 할머니의 무고함이 인정되어 아이를 업
고 서울까지 갔답니다. 1970년대에 소설가가 된 저에
게 당신의 이야기를 어찌나 실감나게 해주시던지.

삼팔선엔 이런 이야기들이 모래알처럼 많습니다. 저의 작은아버지는 우차(牛車)꾼이었어요. 소가 끄는 수레로 나무 같은 것을 실어 나르는 일을 했습니다. 어느 날 작은아버지에게 누가 자신이 소를 끌고 남쪽으로 가고 싶으니 길을 좀 안내해달라고 했다지요. 월남하는 것도 아주 위험한 일인데 소까지 데려가겠다니! 이때 북한에서는 농사짓는 데 필요한 소를 귀하게 여겼답니다. 작은아버지는 아는 사람의 부탁을 거절할 수 없어서 살며시 그 일을 해냈답니다. 하지만 이웃에 사는 사람이 당에 고발해서 재판을 받고 원산형무소에서 징역을 살았습니다.

삼팔선을 사이에 두고 일어난 일은 너무도 많아서 여기에 다 소개할 수도 없습니다. 그저 태어난 곳에서 대대손손 살던 농사꾼이거나 어부였던 사람들. 그들의 불안과 슬픔과 서러움과 원망을 상상해보세요. 그리고 아주 오래된 생활습관이나 생활감정들에 들이닥쳤을 혼란들을.

삼팔선 숲길의 2코스는 내현리에서 서림리까지입니다. 요즘 홍천까지 56번 국도가 아주 고속도로처럼 닦여 있어서 백두대간 길까지, 그러니까 자전거로 여행하는 사람들이 자유롭게 다니는 길이 된 한곳, 구룡령 정상에서 양양 쪽으로 내려오는 길, 갈천과 미천골에서 영덕으로 이어지는 길에 마지막 삼팔선 표지석이 놓여 있습니다. 서림 쪽 높은 산골짜기에서 흘러내리는 개울 사이에 놓인 다리 바로 끝에 있습니다. 이곳에서 잠시 멈춰 표지석과 그 옆에 따로 세워진 안내판을 읽어보시길 바랍니다. 표지판에는 삼팔선의 유래와 그 영향에 대해 쓰여 있고 간단한 지도가 38숨길의 두번째 행선을 보여줍니다.

내현리와 서림을 잇는 숨길 2코스엔 정족산(鼎足山)이 있습니다. 높이가 860여 미터가 되니 그리 높지는 않습니다. 더군다나 정족산은 돌이나 바위가 많지 않고 소나무가 많아서 산림욕을 즐기며 상행하기에 최적인 곳입니다. 그래도 내현리 버들골에서 대강 일곱 시간 정도 예측되는 곳이라 산행 준비가 필요합니다. 봄철에는 진달래, 늦봄에는 철쭉이 아름답고 대기는 순정합니다.

하지만 이곳에도 삼팔선으로 생긴 슬픈 사연들이

그림자 없이 스며들어 있겠지요. 사람들에겐 장수와 건강의 상징처럼 되어 있는 인삼과 녹용. 그런 것이 체질에 맞지 않는 사람도 있답니다. 하물며 몸에 좋은지 나쁜지 알지도 못한 채 어느 날 갑자기 식민지가 되었다가 또 어느 날 갑자기 해방이 되고 다시 전쟁이 났다면 얼마나 혼란스럽겠습니까. 자기 태어난 곳에서 열심히 살았던 사람들. 갑자기 찾아온 무슨 이념 때문에 적응이 어려울 때, 혹은 신분으로 위협을 느낄 때 사람들은 금지된 철조망을 넘어오고, 넘어갔습니다. 서림에서 송어리 북암령을 넘어 인제의 진동으로 가는 길은 험했을 터. 어찌해서 넘어가고 넘어오다가 양측의 경비초소에 발견되면 '간첩'으로 오인해 고문을 당하기 일쑤.

문맹이신 저의 할머니는 "무슨 파(派), 무슨 파가 좋다고 해도 난 움파가 젤 맛있더라"라고 하셨습니다. 움파는 양양 사람들이 긴 겨울을 나기 위해 마당이나 뒤란 땅을 파고 감자, 무, 대파 등을 묻어둔 뒤 손이 들어갈 구멍을 내서 구멍에 바람이 들지 않도록 짚과 헝겊으로 틀어막아 보관했던 곳. 거기서 자란 노란 움파는 달고 맛있었습니다.

먹고만 사는 일에 이승만과 김일성이 무슨 상관일까요. 붉은 패와 흰 패의 쌀이 다르겠습니까? 양양은 그 지리적 조건 때문에 타 지역과 달리 역사적 수난을 당한 곳. 더군다나 북한 지역에 속했던 현북면과 서면 강현면 양양읍에 고향을 두고 자자손손 살았던 사람들. 아직도 몸과 마음에 시퍼런 멍이 든 분이 많이 계실 것입니다.

공간과 시간은 비어 보이지만 마음을 열면 자연 속에 온통 '인연'들이 바람처럼 흐른답니다. 그걸 느끼는 것만으로 여행은 성숙의 학교! 양양에서 여러분의 성숙을 경험하는 기쁨이 충만하길!

고맙다, 양양!

1.

저는 양양이 본적지. 화전민이셨던 할아버지네 산골짝 양지쪽엔 선조들의 무덤이 있습니다. 그 옆엔 오래된 밤나무가 여러 그루. 저는 열서너 살 때 그곳에서 사촌동생과 밤을 줍다가 욕심에 눈이 멀어 뱀이 운동화 위로 올라와 깨무는 것도 몰랐습니다. 결국 뱀독으로 거의 한 달 동안 고생한 적이 있습니다. 양양에서 고등학교까지 졸업하고 서울로 왔고, 서울 사는 내내 타향살이의 서러움 같은 감정으로 고향 양양을 그리워했습니다. 그 그리움 때문에 저는 양양을 잘 안다고 철썩같이 믿었습니다. 그러나 이 글을 시작하면서 아니, 제가 생각한 원고의 절반가량이나 진척된 뒤에야 양양을 모른다는 사실을 깨달았습니다.

그래서 다시 공부를 시작했습니다. 양양 땅을 나름으로 잘라서 돌아다녔습니다. 대략 여섯 토막으로 구분을 지었습니다. 첫번째로는 동해안을 낀 해파랑길. 강릉시 주문진과 경계인 지경리에서부터 속초시와 경계인 물치의 쌍천교까지. 그 사이사이에 있는 어촌과 서핑으로 유명해진 해안과 다양한 추억이 숨어 있는 해수욕장 등등을 다녔습니다. 새롭게 발견하고 혼자서 황홀해했던 곳이 너무도 많았습니다.

그다음은 태백산맥이 지나는 등허리 부분. 구룡령 정상에서부터 송천까지. 구룡령에선 56번 국도가 닦이기 전까지 홍천에서 양양으로, 양양에서 한양으로 가던 옛길도 돌아보았습니다. 구석기시대의 유적도 숨어 있는 이곳에서 순박하고 천진한 사람들의 삶의 방식을 상상해보는 것도 한 재미!

다음은 인제군과의 경계인 오색령입니다. 흘림골에서 주전골로 이어지는 절경(絶景). 어쩌면 신성(神性)이 느껴질지도 모르는 곳. 사시사철의 그곳을 돌아보시길 바랍니다. 그러면 아마 오색의 주전골이 '자신의 것'으로 들어와줄지 모릅니다. 자연의 신성을 품어본다는 건 돈으로는 절대로 환산이 불가능한 축복, 감히 그렇게 말하고 싶습니다.

　그리고 양양에는 신라시대의 사찰들이 있습니다. 낙산사와 영혈사와 진전사. 하루를 잡아 다녀보시면 좋을 듯.

　양양에서 머무르는 날이 있다면 읍내의 외곽에 자리잡은 모노골, 남대천, 구탄봉을 가보셔요. 특히 남대천의 상류, 세 개의 지천이 하나로 만나는 서문리에서부터 저 아래, 동해와 만나는 한개목까지. 그 사이엔 자전거길도 있고 벚꽃길도 있고 갈대숲 산책길도 있어요. 연어와 은어, 황어들이 바다로부터 힘차게 돌아오는 남대천.

　양양의 오랜 역사가 깃든. 장날도 구경해보시고 양양의 특산품도 구입해보셔요.

　대강 이렇게 양양을 묶어서 소개해드렸습니다. 물론 이것이 양양의 백과사전이나 역사책은 될 수 없습니다. 그건, 소설가일 뿐인 저의 역량으론 불가능한 일이라는 걸 고백하면서 이해를 부탁드립니다. 그리고 무엇보다 중요한 한 가지, 역사적 사실에 맞지 않는 표현들이 있을지 모릅니다. 이 점도 양해 부탁드립니다.

2.

이 글은 저 혼자서는 쓸 수 없다는 것을, 쓰는 내내 절감했습니다. 저를 믿고, 밀어주고 끌어주신 고향의 여러분께 우선 인사를 드려야 합니다.

양양 공부를 하려고 양양에 마련한 작은 집 방에 양양의 지도를 붙여놓았습니다. 군 지도와 각 면의 지도들을. 이런 것을 준비해준 고교연 전 양양기획감사실장님. 평생의 공직 생활을 끝내며 국토 종단을 한 그분의 씩씩한 기상도 저에게 힘이 되어줬습니다.

그리고 무엇보다 양양의 문화원. 두 권의 양양군지와 문화원 부설 양양향토사연구소의 연구위원님들. 그분들이 오래도록 채록하고 취재하고 면담을 해서 만들어놓은 양양의 수많은 자료. 윤여경 전 문화원장님과 이철수, 김재환 등 여러분께 머리 숙여 감사드립니다. 수십 년 전부터 저를 도와준 현재의 박상민 문화원장

님께도 감사드립니다.

자동차도 없고 당연히 운전도 못하는 저를 위해 가기 어려운 곳을 두루 안내해준, 양양유치원과 초등학교를 같이 다닌 '양서방네' 아들 양의석. 수십 년 만에 나타나서 불쑥 이런 일을 한다고 도움을 청한 뻔뻔함을 이해하고 도와준 배려에 특별한 감사를 드립니다. 양의석은 어릴 때 우리집 앞에 살았는데 그 집에서 두부를 만들어 팔았습니다. 장편소설 『순이』를 쓸 때 의석이를 잠깐 등장시킨 적이 있습니다. 물론 허락받지 않았습니다.

비가 앞이 안 보이게 퍼붓던 날, 지경리에서 수산항까지 돌아보게 해준 후배 기주. 움직일 때마다 발이 되어준 어린 날의 동무 순형이. 이 책의 많은 부분은 의석이와 순형이가 쓸 수 있게 해준 셈입니다.

이 밖에도 속초에 살지만 오빠는 양양 사람이라고 우기는 나를 물끄러미 바라봐주는 이상국 시인. 그가 진전사와 영혈사를 돌아보며 무식한 내게 사찰의 여러 가지 의미를 알려줬습니다. 미천골의 불바라기약수터

242

를 안내해주고 영양 보충도 시켜준 서면 상평리의 마정하 노인회장님. 고맙습니다. 미천골을 동행해준 소설가 주영선씨도 감사.

마지막으로 꼭 인사해야 하는 어린 벗, 양양문화재단의 김현우와 그의 아내 이연희. 나를 좋아해주고 함께 흘림골, 구룡령 옛길, 해파랑길 등을 돌아봐주었습니다. 한 곳을 한 번 가보고는 글을 쓸 수 없어 여러 번 돌아다녀야 했습니다. 그래야 그곳이 저의 마음에 들어와 생생하게 되살아나기 때문입니다.

서핑 국가대표 선수인 임수정님, 양양서핑협회 장래홍 국장님. 고맙습니다. 아직 청춘이신 두 분의 삶에 대한 깊은 철학은 모두 서핑이 알려준 것. 이렇게 이해했습니다. 서핑의 고유한 아름다움과 그 유익함은 해보지 않고는 다 알 수 없을 터.

양양에 가면 군청 청사는 물론 이곳저곳에 '고맙다 양양'이란 문구가 눈에 띕니다. 처음엔 좀 낯설게 느껴졌습니다. 하지만 이 글을 마치며 크게 소리치고 싶습니다.

고맙다 양양! 이제 알게 됐습니다. 이 말보다 더 양양의 자연과 역사와 사람을 드러낼 수 있는 말은 없다는 것을. 고맙다, 양양!